論李杜詩

周紹賢著

中華書局印行

論李杜詩

目錄

自序

唐朝爲詩之黃金時代，就體裁而言：綜合漢魏兩晉六朝之詩歌格律，而加以發揮，創出韻律精密之近體詩。就內容而言：舉凡雄渾、飄逸、沉鬱、自然、典雅、綺麗、幽邃、清奇、纖巧、險怪，種種作風，各擅其勝；抒情、寫景、叙事、說理，各盡其致，佳作妙品，璀璨悅目，眞乃歎爲觀止矣！就其作品之豐富，可想見當時詩人之多，全唐詩共著錄二千三百餘家，其中聲譽洋溢，彪炳千秋，傳至于今，幾乎盡人皆知，聞名起敬者，則爲李太白與杜少陵。

李杜以前，初唐詩人，如王、楊、盧、駱之豐俊雅麗，陳子昂張九齡之雄健渾厚，上官儀之綺錯婉媚，沈佺期之韻語精切。盛唐與李白同時者，如王維孟浩然之清逸，王昌齡高適之深遠，常建岑參之秀拔，李頎儲光羲之冲秀閑靜。中唐如韋應物錢起之雋邁，元稹白居易之純眞，韓愈之險奧，柳宗元之幽閒，孟郊賈島之清刻。晚唐如溫庭筠李商隱之縟麗，許渾之清新，杜牧之高爽，司空圖之曠達，皮日休之清越超拔。諸家作品，如珍饈百味，各有其美，而何以李杜之名，儼然籠罩三唐，照耀千古？

相如不逢楊意，則大人凌雲之賦無由顯名；馬周不遇常何，則條陳時政之策埋沒無聞；李杜之詩固美矣，然有唐三百年中，傑出之詩人多矣，何以李杜成爲後世詩壇之宗主？其原因可得而言也：文有古文駢文之別，詩有古體近體之分，在文學方面互相媲美，各有其價值。燕許大手筆，雄駿之駢文，豈不若韓昌黎復古之散文？惟自六朝以來，崇尚詞華，文必排偶，唐初如陳子昂，雖曾提倡漢魏樸實之文，然而潮流所趨，積重難返，長此以往，古文不將被廢乎？昌黎乃毅然起而樹復古之幟，謂文以說理明道爲主，不徒作辭采陶情之用；故洗鍊浮華，嚴講文義，卓然自成一家。友人柳宗元，弟子李翺等助其聲勢，於是古文始漸復興。

昌黎既爲古文大師，而其所崇之詩人則爲李杜，故曰「李杜文章在，光焰萬丈長」。何以對李杜欽崇如此，蓋詩至盛唐，律詩之格已成，音韻對偶，法度之嚴，與駢文同趨一轍。李杜以豪放宏通之才，不附時流之所尚，不受駢律之拘束，既善爲古風之清雅，亦能精近體之格律，而太白自云「好古笑流俗」（東武吟），少陵亦好作古詩；李杜之詩與韓柳之文，作風相同，互相映輝，是以昌黎特尊李杜，每於詩中大加贊頌，夢寐不忘，嘗云「伊我生其後，舉頸遙相望，夜夢多見之，晝思反微茫」（調張籍）。

古文既漸復興，至宋時始大興，歐陽修蘇舜欽等尊昌黎爲宗師，昌黎尊崇李杜，於是李杜之詩，愈加輝煌，自此文宗韓柳詩學李杜，爲文人之圭臬，當時王禹偁有詩云「誰憐所好還同我，韓柳文章李杜詩」。韓柳文章李杜詩不但領導兩宋之文學，直至近世，韓柳之門，仍爲後學之要道；李杜之詩，仍然光焰萬丈。

白居易云「詩之豪者，世稱李杜。李之作，才矣、奇矣！人不逮矣！」（與元九書）；元稹云「至於子美，蓋所謂上薄風騷，下該沈宋，盡得古今體勢，而兼人人之所獨專矣」（舊唐書杜甫傳），元白推崇李杜之詩如此，然而其論李杜優劣，謂李不如杜，因李不好作律詩，杜則好作律詩，是站於近體詩之立場而言也。如只就近體詩而言，則嚴講格律者當推沈佺期宋之問；李杜在世已有盛名，故元白之論，對李杜之地位未能再加提高。韓昌黎提倡古文，尊崇李杜，宋朝文學家繼昌黎之志，以李杜爲正宗，二公始升於詩壇最高之寶座，其實亦當之而無愧也！

余生平好讀李杜詩，暇時輒展卷吟誦，莊子云「詩以道志」，讀二公之詩，想見其爲人，在景仰崇慕之下，爰就管見所及，區區之心得，而作此論。

六十四年九月　海陽　周紹賢自序

論李杜詩

海陽 周紹賢 著

一、唐詩之興盛

唐朝帝王大抵皆好文學，且多能詩，太宗置弘文舘，招集文學之士，討論典籍，兼倡詩文。當時之官吏，公務而外，多以吟詩爲陶情之娛樂。高宗於考試制度中特加詩賦一科，以詩取士；武后、中宗亦好集文臣應制賦詩。天寶十二年詔擧人策問，外試詩賦各一首。此後諸帝如肅宗、德宗、文宗、宣宗、昭宗等，皆好吟詩。上有好者，下必有甚者焉，而且詩又爲應試登仕之階，是以人才蔚起，詩風特盛，造成詩之黃金時代。有唐三百年，詩人之衆，佳作之多，爲任何朝代所不及。元朝楊士弘作唐音，分唐詩爲初、盛、中、晚四期：自高祖武德以後，至玄宗開元之初，約一百年，爲初唐；自開元以後，至代宗大曆之初，約五十年，爲盛唐；自大曆以後，至文宗太和初，約七十年，爲中唐；自太和至唐末，約八十年，爲晚唐。又或將中唐分屬盛晚二期，謂之三唐；清王士禎論詩，卽每擧三唐之目。初唐詩人，以王勃、楊炯、盧照鄰、駱賓王、沈佺期、宋之問、陳子昂、上官儀等爲最著。盛唐以孟浩然、王維、李白、杜甫、岑參、高適、張九齡、王昌齡等爲最著。中唐以韋應物、劉長卿、韓愈、柳宗元、元稹、白居易、及大曆十才子爲最著（十才子者：盧綸、吉中孚、韓翃、錢起、司空曙、苗發、崔峒、耿湋、夏侯審、李端）。清康熙時，曹寅等奉敕撰全唐詩共刋二千三百餘家，詩四萬八千九百餘首。唐朝詩人如此之多，而李太白杜少陵之盛名爲一代之冠冕，歷代尊頌，儼然代表全唐，名高千古，後無來者，盛矣！美矣！孟子云：誦古人之詩，當知其人之生平（萬章篇下），今論李杜詩，先述其史事如下：

二、李白之生平

初，漢景帝時將軍李廣之十六世孫有李暠者，字玄盛，自幼好學，通經史，善文義，及長，習武藝，通兵法，於東晉隆安年間在甘肅據秦涼二州稱王，史稱西涼，暠歿後諡曰武昭王；晉書有梁武昭王李玄盛傳。玄盛有十子，唐高祖李淵爲玄盛之七世孫，淵即位，追尊玄盛曰興聖皇帝。李白字太白，爲興聖皇帝之九代孫，故其與韓荆州書，自稱爲隴西人，贈張相鎬詩云「本家隴西人，先爲漢邊將」。隋朝末年，其先人因罪被流放至西域，中宗神龍初，遁還，遷至蜀之廣漢，太白生於武后長安元年，時已五歲，定居於青蓮鄉（在四川綿陽縣西北），故後來自號青蓮居士。據四川總志云「李白故宅在綿州彰明縣南二十里，古碑刻猶有存者」。宋彰明縣令楊遂作太白故宅記云「先生一去，宅留故里。數變喬木，幾遷人世。草蔓荒蹊，棘羅廢址。鄉人故老，猶話厥美」。舊唐書李白傳云「太白山東人，少有逸才，志氣宏放，飄然有超世之心，父爲任城尉，因家焉」。蓋太白幼年隨父在任城，後返鄉，中年復至任城；任城爲山東濟寧縣，太白在任城寓居十餘年，迄今濟寧城南門樓之東有太白樓，高峙於城墻之上，爲遊客飲酒茶話娛樂之所，樓下前東方有荷池，名曰南池，杜甫曾隨太白遊此，杜曾作與任城許主簿遊南池詩，明朝將此詩刻於石碑，立於池邊，迄今仍在。城內東北隅有太白浣筆泉，泉畔有太白廟，內供太白及賀知章杜甫之塑像，因知章曾官任城，又爲太白之摯友。墻壁有石刻歷代名人之詩文，階西有石碑刻明御史左懋第自書詠浣筆泉詩。城內有李翰林巷，巷口今有酒店名曰保和堂，卽太白居宅之舊址，濟寧之金波酒最著名，因太白當日喜飲此酒，至今保和堂之金波酒，聲價猶高。

太白之九世祖涼武昭王，博學能文，試看晉書本傳所載其述志賦，朗朗千餘言，情辭並茂，雖漢之大家張蔡不過也。太白家學淵源，其父亦能文之士。太白云「余小時，大人令誦子虛賦」；又云「五歲誦六甲，十歲觀百家」（見送從侄耑遊廬山序及上安州裴長史書）。蘇頲爲益州長史，見白異之曰「是子天才可比相如」（唐書李白傳）。漢司馬相如成都人，爲太白之鄉先輩，爲漢朝辭賦之權威家，因作子虛賦，蒙武帝欣賞，召見，因而榮顯於朝廷。太白以豪邁之才，自幼習相如之賦，及十五歲，其作品已有驚人之成就，其贈張相鎬詩云「十五觀奇書，作賦凌相如」。試看其十五歲左右所作之明堂賦（明堂在開元五年拆建爲乾元殿，故知此賦爲其十五歲左右之作品），眞乃辭海波瀾，典麗矞皇，童年而有此傑作，所謂「作賦凌相如」，豈虛語哉？

太白不但自幼能文章，而且好武術，其與韓荊州書云「十五好劍術，徧干諸侯」。白性任俠輕財，自云「雖長不滿七尺，而心雄萬夫」（與韓荊州書）。其友人魏顥云：白「少任俠，手刄數人」（李翰林集序）。俠客仗義打不平，必須精於劍術，故白自幼好劍；其詩中亦每好談劍，如「長劍一杯酒，男兒方寸心」（贈崔侍郎），「撫劍長吟嘯，雄心日千里」（贈張相鎬），「起舞拂長劍，四座皆揚眉」（詶崔五郎中），「不待金門詔，空持寶劍遊」（寄淮南友）。詩中述劍之佳句甚多。太白二十五歲以前，徧遊蜀地大匡山（卽戴天山），峨眉山、成都、三峽等名勝佳境，所至皆有詩。二十五歲後，乃「仗劍去國，辭親遠遊，南窮蒼梧，東涉溟海，見鄉人相如大誇雲夢之事，云楚有七澤，遂來觀焉。而許相公家見招，妻以孫女，便憩跡於此」（上安州裴長史書）。

太白出川之後，至荊門、江陵，又泛洞庭，遊金陵、揚州、雲夢等處，至安陸（在雲夢之北，即今湖北安陸縣），與故宰相許圉師之孫女結婚，許氏爲安陸之望族，圉師好文學，擢進士，於高宗龍朔年間爲左相，曾爲相州刺史，頗著政聲，白結婚年約二十七歲，其妻名門才女，與白同有神仙思想，白有詩云「多君相門女，學道愛神仙，素手擧青靄，羅衣曳紫烟」（送內尋廬山女道士李騰空詩），可知其情志契合，伉儷得意。寓安陸自稱酒隱，謂「酒隱安陸，蹉跎十年」（秋于敬亭送從侄耑遊廬山序）。謂「雲臥三十年，好閒復愛仙，蓬壺雖算絕，鸞鶴心悠然」（安陸白兆山桃花巖寄劉侍御），在此徧遊安陸兆山、壽山、各地勝景，十年之中，過其臥碧雲、弄綠綺之神仙生活，然自幼讀書學劍，終懷用世之志，此時因其從兄李皓爲襄陽尉，乃往謁之，並上書於韓荊州，懇其薦拔，謂「三十成文章，歷抵卿相」，此時白年三十餘，自薦未遂，而於此得識襄陽詩人孟浩然，結爲好友。白不願終爲酒隱，欲效魯仲連、諸葛亮，一展其抱負，故又上書於安州裴長史、李長史等，以求擧拔，而皆無結果，覩其自云「孤劍誰託？悲歌自憐。迫於恓惶，席不暇暖。寄絕國而何仰？若浮雲而無依，南徙莫從，北遊失路」（上安州李長史書），走投無路，其心中之苦悶可知，其所謂「少年落魄楚漢間，風塵蕭瑟多苦顏」，即此時也。

　　太白雖落拓不遇，而以「天生我才必有用」（將進酒），故仍懷四方之志，於開元二十三年，離安陸而北遊，時約三十五歲。白之從兄李舒在幷州（山西太原）為主簿，幷州守將之子元參軍，爲白之友人，於是乃至太原與從兄及故友相聚，於節度副使哥舒翰座中見郭子儀，時子儀在行伍，白奇之，曰「此壯士！目火如光照人，不十年，當擁節旄」（樂史）；翰乃署子儀爲牙將；「子儀嘗犯法，白爲救免」（唐書）。白在太原不久，乃東遊齊魯，至任城，白幼年曾隨父寓此，舊地重遊，乃暫定居於此，遨遊山水，遠至東萊勞山（在今青島之北），秦始皇求仙，曾登此山，太白來此留連，曾有詩云「我昔東海上，勞山餐紫霞，親見安期生，食棗大如瓜」（寄王屋山人孟大融）。徂徠山在泰安縣、泰山之南，山上有紫源池，山下有白鶴灣，溪水澄清，竹篁蒼茂，地名竹溪，隱士韓準居此，白與裴政、孔巢父、陶沔、張叔明等，常於此聚會飲酒賦詩，時號竹溪六逸。

　　白居任城五六年，又在此娶妻，生女名平陽，生子名伯禽。又南遊吳越，於會稽得識道士吳筠，天寶元年，吳筠應召入京，白隨之同至長安，禮部侍郎賀知章見其文曰「子謫仙人也！」薦於玄宗，「召見金鑾殿，論當世事，奏頌一篇，帝賜食，親爲調羹。有詔供奉翰林，白猶與飲徒醉于市。帝坐沈香亭，意有所感，欲得白爲樂章，召入而白已醉，左右以水頮面，稍解，援筆成文，婉麗精切（即清平調三首），帝愛其才，數宴見。白常侍帝，醉使高力士脫靴，力士恥之，摘其詩以激楊貴妃，帝欲官白，妃輒阻止。白自知不爲親近所容，益驁放，不自修，與賀知章、李適之、汝陽王璡、崔宗之、蘇晉、張旭、焦遂，爲飲酒八仙人。懇求還山，帝賜金放還」（唐書李白傳）。時天寶三年，太白年約四十三歲。

太白離京，復返任城，因其妻子仍寓此也。自此又復浪跡江湖，又南遊金陵、揚州，北遊燕趙等地，到處弔古蹟、覽名勝，皆述之於詩。時杜甫寓居洛陽，太白至洛陽，杜甫聞之，乃往訪晤。時白年四十四歲，供奉翰林，受玄宗之寵待，已名聞天下，杜甫舉進士不第，此時年三十三歲。二人一見如故，白欲返山東，甫亦隨之，蓋甫之父曾爲兗州司馬（今山東滋陽縣），甫曩年嘗至兗州省親，有登兗州城樓詩。兗州距任城六十里，此爲甫舊遊之地，此次二人偕行，先遊梁宋，繼至齊魯，此時白之從祖李邕爲北海太守（古齊地），邕文名滿天下，兼工行草書，世稱李北海，二人往謁之，邕於濟南歷下亭設宴欵待。二人同遊華不注、千佛山各處勝景，並至東蒙山訪道士董鍊師、元逸人等，復至兗州北門外訪舊友范隱士。漫遊半載之後，杜甫辭去，西入長安，白亦重遊江南吳越等處，時天寶五年，在金陵勾留三四載，復回山東。天寶十二年，又南下，由金陵至宣城，因其從弟昭爲宣州長史，且其地有敬亭山、琴溪、藤溪及謝公山上南朝詩人謝朓之遺蹟等等，名勝頗多，故太白來寓於此。

天寶十四年冬，安祿山反，攻陷河北諸郡，十二月攻入洛陽，天下震驚，繼之長安失守，玄宗幸蜀，太白詩云「旌旗繽紛兩河邊，戰鼓驚山欲傾倒」（猛虎行），「天津流水波赤血，白骨相撐亂如麻」（扶風豪士歌），卽此時也。

永王璘者，玄宗第十六子也，初爲荆州大都督，此時玄宗下詔，令其爲山東南路、及嶺南黔中、江南西路、四道節度使，負此重大任務，其子襄成王偒，勇而有力，掌握兵權，因而擴充武力，召集人才，圖謀不軌，局外人不知也。此時太白由宣城沿江至江西廬山避亂，此時往日用世之心，銷磨殆盡，故云「大盜割鴻溝，如風掃秋葉，吾非濟代人，且隱屏風疊」（贈王判官時余隱居廬山屏風疊）。永王璘夙慕太白之名，至潯陽，聞白在廬山，三次下書徵召，不得已而參入永王之幕，此時白對仕途已無興趣，觀其詩云「僕臥香爐頂，餐霞漱瑤泉，門開九江轉，枕下五湖連，半夜水軍來，潯陽滿旌旃，空名適自誤，迫脅上樓船」（經亂離後贈江夏韋太守良宰）。與賈少公書云「白綿疾疲薾，才微識淺，無足濟時，雖中原橫潰，何以救之？大總元戎辟書三至，人輕禮重，嚴期迫切，難以固辭，扶力一行，前觀進退。……唯當報國荐賢，持以自免，斯言若謬，天實殛之！以足下深知，具申中款，惠子知我，夫何間然」。白在此亂離之中，心情疲憊，勉强從事，然永王係皇室親貴，大權在握，負軍事重任，如矢志戡亂安民，白被選拔亦正可脫穎而出，以展夙昔之抱負。不知永王欲保江南據金陵，學東晉故事。肅宗聞之詔令覲見上皇，永王抗命東下，沿途襲擊各地守軍，肅宗乃令淮南、江東各路節度使共圖之，最後被淮南採訪使李成式，河北招討判官李銑等擊敗，永王兵潰於晉陵（江蘇武進），其子偒中箭而死，永王南奔，被江南西道採訪使皇甫侁擒而殺之。事在肅宗至德二年。

永王失敗，太白逃回潯陽，其南奔書懷及避地司空原言懷等詩，所述情節頗詳，朝廷追緝永王之僚屬，太白被繫潯陽獄，不久宣慰使崔渙至潯陽，白乃奉詩向崔呼冤求救，崔乃上疏爲白請命，繼之御史中丞宋若思至潯陽覆查此案，白之寃得以昭雪開釋，若思一面上疏推薦白之品德文才，一面引白爲幕府參謀，但朝廷以案情重大，仍須治罪，乃判白長流夜郎，時肅宗乾元元年，白年五十七歲，其南流夜郎，及上三峽等詩皆在此時沿途所作。此時元帥郭子儀，屢殲羣寇，收復西京，聲威煊赫，曩昔子儀在行伍時，曾受白之獎掖與營救，今聞白流夜郎，願解官爵以贖白罪。乾元二年春，白奉赦令，恢復自由，乃沿江而下，讀其早發白帝之詩，可知其時心情之愉快。返回荆楚，於岳陽江夏等地遨遊賦詩，此時已窮愁潦倒，寶應元年乃往依其族叔當塗令李陽冰，當年十一月竟以酒醉而卒，時年六十二歲。臨終賦臨路歌云「大鵬飛兮振八裔，中天摧兮力不濟，餘風激兮萬世，游扶桑兮掛右袂，後人得之傳此，仲尼亡兮誰爲出涕」。葬於當塗縣西北采石山。次年代宗立，召白爲左拾遺，而白已卒矣。

五代時王定保撰唐摭言謂「李白著宮錦袍，遊采石江中，傲然自得，旁若無人，因醉入水捉月而死」。按舊唐書本傳謂「白以飲酒過度，醉死於宣城」，新唐書亦未言捉月而死，白之族叔李陽冰，作太白詩序云「陽冰試絃歌於當塗，公疾亟，草稿萬卷，手集未修，枕上授簡，俾予爲序」。李華作太白墓誌云「賦臨終歌而卒」。臨終歌即詩集中之臨路歌。摭言所述乃後世好事者爲之也。蓋以太白之才氣抱負李華謂其「宜上爲王師，下爲伯友」（翰林學士李公墓誌），而竟時不利兮，有志莫展，以詩酒潦倒終身，使後世讀其詩者爲之悲涼；至采石山弔詩人墓，登謫仙樓，面臨大江，怒濤潰湧，益令人對景而愴懷，因想到屈靈均遭讒被逐，憂國忠憤，蹈江而死，太白懷才不遇，失意酒醉而死，前後兩大詩人命運之屯邅相似；夫月豈可捉？如謂太白捉月而死，是亦厭棄塵世，甘願效屈子「駕青虬兮驂白螭」赴江流而長逝；如此則靈均謫仙之身世，恰恰相同，前後照憐，豈不益增後人弔古之幽情？此捉月之說所由起也，故其地又有捉月台，以作證明，益可充實江山之詩意。宋梅堯臣詩云「釆石月下逢謫仙，夜披錦袍坐釣船，醉中愛月江底懸，以手弄月身翻然，不應暴落飢蛟涎，便當騎鯨上青天」。堯臣字聖俞，宣城人，文名振於當時，對地方古蹟以詩句述之如此，於是太白捉月之說，愈爲後世所傳誦。後之文人亦每好吟其事以引入詩中。清施閏章經太白墓詩云「共說騎鯨捉月遊，孤墳細草野風秋，夜郎幽憤無多淚，萬古長江楚水流」。閏章字尚白，亦宣城人，亦吟捉月之事。捉月而遊，聊以解憂，謫仙「乘雲御風，捉月騎鯨。來遊人間，蛻骨遺形」而去（宋尤袤太白墓詩），長辭塵世，解脫煩惱，豈不懿歟？文人弔古不妨有此詩意也。

總觀太白之爲人，「性倜儻，好縱橫術，善詩賦。才調逸邁。少任俠，不事產業」（劉全白唐翰林李君碣記）。太白自謂「嘗採姹女於江華，收河車於清溪，與天水權昭夷服勤爐火之業久矣」（金陵與諸賢送權十一序）。姹女爲丹汞，河車爲胞衣，皆道士煉丹之材料。又曾於齊州（濟南）紫極宮（老君廟）受北海高天師之道籙，可知其專心於仙術；再觀其所撰崇明寺佛幢頌，又知其深通佛典。太白實爲當時高才博學有志之士也，而惜乎有懷莫展，鬱鬱以歿。

太白之生平略如上述，後之評者，毀譽參半，蘇轍謂：「太白駿發豪放，華而不實」（欒城錄）；羅大經謂：「太白豪俠使氣，不繫心社稷蒼生」。甚至如朱文公謂：「太白見永王璘反，便從諛之，詩人沒頭腦至於如此」（鶴林玉露），皆從一隅之見而責古人。永王璘之亂，太白被連坐而致罪，確爲一大憾事，其實於太白之人格無傷也，何以言之？

永王璘爲玄宗之子，肅宗之弟，爲四道節度使，負戡亂之重任，其心懷異志，無論局外人不知，卽其父兄亦不知。永王「聰敏好學」，是可與有爲者也，白本有用世之志，國家變亂，白豈不憂心？且永王三次下書徵召，白亦不得不追隨從事，此合理自然之舉，至於後來，永王違命，落爲叛逆，又豈白所逆料哉？永王反，並非如朱子所云太白「從諛之」也。

太白卽非被迫，而自願投入永王幕，亦何可非？天寶末年，北邊多事，繼之有安史之亂，宗室諸王，多受命負軍事大任，例如信安王禕，爲朔方節度使，擊逐吐蕃，屢有奇勳，吳王祇起兵擊安祿山，玄宗壯之，授左金吾大將軍，虢王巨爲河南節度使，討賊有功（禕、祇爲太宗第三子吳王恪之孫。巨爲高祖第十五子虢王鳳之曾孫，皆見唐書宗室諸王傳）。諸王治兵，文人才士定多前往投效者；永王奉朝廷之命「總江淮銳兵，長驅雍洛」（新唐書永王璘傳），若太白自願投效，有何咎哉？無論被迫或自投，旣來之，則安之，並應和衷共濟，以平大難，觀太白永王東巡歌「三川北虜亂如麻，四海南奔似永嘉，但用東山謝安石，爲君談笑靜胡沙」。又在水軍宴贈幕府諸侍御云「英王受廟略，秉鉞靖南邊，願與四座公，靜談金匱篇。齊心戴朝恩，不惜微軀捐，所冀旄頭滅，功成追魯連」。永王受朝命而主征伐，太白從之，以謝東山靖亂以自任，並冠僚屬，捐軀報國，功成自退，其爲國之心何其忠也！及永王謀逆，太白被捲入旋渦而致罪，不能舉永王有始無終之初志以爲辯護，自恨失足，而以被迫脅從以自解，又豈爲無端違心之言？昔孔子欲行其道曰「苟有用我者，三年有成」，故公山弗擾以費叛，佛肸以中牟叛召，孔子皆有往就之意，蓋悲天憫人，出而救世，「磨而不磷，涅而不緇」，固無傷孔子之聖也！然則太白之從永王，變生意外，無妄之災，又豈足損其人格乎？誠哉！蔡居厚之言曰「太白豈從人爲亂者」？熱誠用世，終生奔波，而志未得遂，幾遭不白之寃，可慨也夫！

三、杜甫之生平

杜甫字子美，其十三代祖杜預，京兆杜陵人（陝西長安縣東南），預妻爲司馬昭之妹高陸公主。預字元凱，在晉武帝時爲鎭南大將軍，伐吳，平之，封當陽侯，博學多通，時號杜武庫，自謂有左傳癖，所著春秋經傳集解，傳誦至今。預子耽，爲晉涼州（甘肅武威縣）刺史。耽孫遜於東晉初遷居襄陽，任魏興（陝西安康縣西北）太守。遜子乾光之玄孫叔毗爲北周硤州（湖北宜昌縣西北）刺史。叔毗字魚石於隋時爲獲嘉（河南新鄉縣）縣令。魚石子依藝爲鞏縣令，遂定居於鞏縣。依藝之子審言，爲初唐詩人，武后時爲著作郎，與李嶠、崔融、蘇味道爲文章四友。審言子閑，爲奉天（陝西乾縣）縣令，妻崔氏，於玄宗先天元年生子美於鞏縣之瑤灣。——由上所述可知子美自稱「杜陵布衣」，又稱「少陵野老」（因杜陵縣東南有一陵差小，謂之少陵），而唐書杜甫傳，則云：甫爲襄陽人，皆有由也。

子美出自名門士族，先人「奉儒守官」（唐書本傳）。子美七歲學詩，九歲習虞世南書法，十二歲寓洛陽姑母家，十四五歲卽與當時文人交遊，崔尚魏啓心等謂其「文似班揚」。少年「讀書破萬卷」，致力學業，二十歲南遊吳越姑蘇、錢塘、會稽、剡溪各處勝境，度江海人士之逍遙生活，遊歷三四年，回故鄉鞏縣，參加開元二十三年之進士考試，落第，時年二十四歲，乃復出遊。北至齊趙，其父爲兗州司馬，其壯遊詩謂「放蕩齊趙間，裘馬頗清狂」，卽此時也。開元二十九年，由山東回洛陽，在此期間與司農少卿楊怡之女結婚，又得與李白相識，結成至友。此時在洛陽所見宦海中之勾心鬥角，頗感厭惡，故贈李白詩云「二年客東都，所歷厭技巧」，乃與李白相偕重遊齊魯，於濟南得識北海太守李邕，邕賞其才。子美前次來山東時，曾與詩人高適在汶上相識，此次又復相遇，三人相伴於魯西一帶遨遊。半載之後，子美西入長安，寓居杜曲，時年二十五歲，多年漫遊之感想，爲「適越空顛躓，遊梁竟悽慘」（贈張珀）。此時已是天寶初年，玄宗頹墮，朝廷已漸腐化，子美感慨，欲「致君堯舜上，再使風俗淳」，亟欲在長安謀一職位以求上進，天寶十年正月，玄宗舉行三大典，祭天地、太廟、及玄元皇帝（老君），子美獻三大禮賦（朝獻太廟宮賦、朝享太廟賦、有事於東郊賦），並上表要求引用，得蒙玄宗相識，使待制集賢院，命宰相試以文章，時中書令李林甫當權，嫉忌賢才，授子美爲河西尉，以官小不就，改爲右衞率府參軍，心情鬱鬱，生活困窘，數上頌，自言「先臣恕、預以來，承儒守官，十一世迨審言，以文章顯中宗時，臣賴緒業，自七歲屬辭，且四十年，然衣不蓋體，常寄食於人，竊恐轉死溝壑，伏惟天子哀憐之，若令執先臣故事，拔泥塗之久辱，則臣之述作，雖不足鼓吹六經，至沈鬱頓挫，隨時敏給，揚雄枚皐可企及也」（唐書本傳）。此時玄宗荒淫，楊國忠爲相，奸臣當道，子美不得重用。此時詩人高適在河西節度使哥舒翰幕中任書記，岑參在安西四鎮節度使高仙芝幕中任書記，皆隨軍來長安，鄭虔任廣文舘博士，子美幸有諸詩友，時相往來，飲酒論文。此時子美寓居長安已經十載，天寶十四年，安祿山反，攻至洛陽，子美於長安淪陷之前，出走流亡。

安祿山攻陷潼關，兵荒馬亂，子美携家逃至鄜州，寄居城北羌村，聞肅宗即位靈武，微服奔往晉謁，陷於寇兵之中，被驅至長安，此時子美四十五歲，已滿頭白髮，幸無地位聲望，不爲胡人所注意，只以鄉民視之，故子美得以設法隱避，「烽火連三月，家書抵萬金」（春望），「無家對寒食，有淚如金波」（一百五日夜對月），即此時也。困居一載，至德二年，逃出長安，至鳳翔，謁肅宗，授左拾遺。子美與宰相房琯爲布衣交，此時琯奉命收復兩京，兵敗，又被賀蘭進明，崔圓等所讒，琯受罷相處分，子美上疏救之，措辭激烈，肅宗怒，詔三司推問，幸繼任宰相張鎬援救，得免於罪。回鄜州探視妻子，作北征詩以記民間兵禍及妻子貧苦之情形。同年冬十月，肅宗還京，子美亦携家回長安，仍官左拾遺，房琯爲光祿大夫，琯好賓客，車馬盈門，政爭之敵人，仍向肅宗進讒言，因此，貶琯爲邠州刺史，降子美爲華州司功參軍（華州，今陝西華縣）。

子美至華州爲乾元元年七月，此時寇災蔓延，目睹民間之苦，一一寫入詩中。唐朝司功參軍之職務，掌管祭祀、禮樂、學校、選舉、醫巫等等文教工作。子美到華州關心當時之急務，爲軍事、賦稅、交通等等迫切問題，而以非己所職，無法過問，又以與房琯皆係朝廷謫貶之臣，宦途暗淡，故同年冬末，乃回洛陽，不久相州（河南安陽）官軍敗退，洛陽騷動，東京留守崔圓撤退，子美乃離洛陽，復返華州，沿途所見人民之疾苦，如三吏三別等詩，皆此時寫實之作，返回華州之後，以所見種種紊亂之情形，而己身卑職小，無可如何，乃決心放棄司功參軍之職，聞其從侄杜佐在秦州（甘肅天水縣）東柯谷結廬謀生，前在長安所認識大雲經寺之僧人贊公亦在秦州西枝村定居，於是乃攜家作客秦州，採薪賣藥以自給。秦州自古為漢胡雜居之地，安史之亂，隴西官兵東征，吐蕃乘機而起，攻入秦州，子美在秦州居住不滿四月，生活愈陷困難；適同谷（甘肅成縣）有一人，子美所稱為「佳主人」者，寄書於子美，謂其地產薯蕷，且山崖有蜂蜜，竹林有冬筍，可以充飢，於是乃離秦州赴同谷。在同谷停留一月左右，因蜀地物產豐富，當時亦較平靜，流亡之人民，多趨之，於是子美由秦州至同谷，由同谷至成都，路經之苦有詩記述。

子美至成都為乾元二年冬末，暫住城西郊外浣花溪寺，蒙寺僧復空容留，子美時年四十八歲，此時裴冕為成都尹，兼劍南西川節度使，冕為善於鑽營之人物，在玄宗時為奸臣王鉷之黨羽，在代宗時又攀附權奸李輔國、元載，王鉷與李元三人皆以罪被誅，可知裴冕之為人；而冕為肅宗時之得意人物，子美為屬於房琯之失意人物，在宦途中可謂無形之對敵，而註杜詩者謂子美在成都之「主人」爲裴冕，果爾，子美旣至裴冕所轄地區之內避難，而又依之爲主人，定必有感激頌揚之詞；然而子美在成都之作品，絕口未言及裴冕，雖然紀行詩中初進蜀境鹿頭山述及裴冕，然試觀其詞云「仗鉞非老臣，宣風豈專達？（唐書裴冕傳云：冕少學術），冀公（裴冕封冀國公）柱石姿，論道邦國活，斯人亦何幸？公鎭踰歲月」，此詩言外之意，絃外之音，非諷而何？——子美與裴冕未相接洽，然其從孫杜濟則爲裴之屬員，其表弟王十五亦在成都爲司馬。居浣花溪寺不久，便在浣花溪畔之荒地由親友之助，自建草堂，以作安身之所，種竹栽松，此處便成爲富有詩意之佳境，由其詩句所云「萬里橋西一草堂，百花潭水卽滄浪」，「西出碧雞坊，西郊向草堂」，「茅堂石筍西」，「結廬錦水邊」，至今其遺蹟猶在，子美奔波流亡之生活，至此暫得休息，於此有許多描寫自然美景之佳句「一徑野花落，孤村春水生」（遣意），「細雨魚兒出，微風燕子斜」（水檻遣心），「眼前無俗物，多病也身輕」（漫成），此時心情之閒逸，可以想見。

戰亂之世，武臣得勢，恣意跋扈，肅宗上元二年四月，梓州（四川三台縣）刺史段子璋，驅出駐綿州（四川綿陽）之東川節度使李奐，自稱梁王，改元黃龍，以綿州爲黃龍府，五月，成都尹崔光遠率西川牙將花敬定克綿州，斬段子璋，敬定自以有功，亦恣意橫行，侵擾人民，光遠不能制，子美曾有戲作花卿歌，及贈花卿以諷之。不久，肅宗遣監軍官按花卿之罪，花卿憂病而死。十二月朝廷派嚴武爲成都尹，兼劍南節度使，時高適爲彭州刺史（四川彭縣），嚴武未到任之前，高適曾爲之代理職務兩月，子美與高適及嚴武之父給事中挺之爲好友，武與適常到浣花溪草堂拜訪子美，歡聚飲酒，子美亦常被邀請讌會，此時生活頗感快慰。但好景不常，次年爲寶應元年。

寶應元年四月肅宗崩，代宗卽位，七月召嚴武入朝，子美送武至綿州之奉濟驛，作奉送嚴公入朝十韻，勖勉嚴武盡忠朝廷，力求上進，本人亦願得機會返回長安。時有徐知道者，本爲成都少尹兼侍御史，乘嚴武離成都之後，自稱成都尹兼御史中丞劍南節度使，聯合西南蕃族，起兵反，一月之間，便被高適擊潰，徐知道被其部將李忠厚所殺，而李忠厚則在成都殘害人民。自段子璋徐知道等先後叛變以來，官兵亦無紀律，蜀中已成混亂狀態，子美所作光祿坂行、苦戰行、去秋行、草堂等詩，皆寫此時之實況。在此情形之下，子美又重度流亡生活，乃將妻子接至梓州，又至閬州（四川閬中縣），本擬沿嘉陵江東下，時在代宗廣德二年，忽聞嚴武又奉命爲成都尹兼劍南節度使，子美心喜，乃携眷返回成都。嚴武前次入朝之時曾薦子美爲京兆功曹，子美在蜀，未卽前往，今又復任舊職來成都，乃薦子美爲節度使署參謀及工部員外郎，子美乃履職從事。此時安史之亂雖已結束，但自代宗卽位，吐蕃又大擧入寇，長安一度淪陷，雖被郭子儀所擊退，而其所佔其他城邑，如四川松、維、保三州，仍在其盤據之中。嚴武到任，整頓軍旅，率兵西征，擊敗吐蕃，收復失地，建立大功，而待子美以世舊之禮，關懷親切，因而被幕府僚友所嫉忌，中心鬱鬱，曾作莫相疑行以寫憂。子美此時已五十三歲，加以夙有肺疾，此時又增添風痺症，身體衰弱，乃再三辭職，嚴武不得不允，乃回草堂過田野生活。

自安史之亂發生，數年以來，詩人王維、李白、房琯、鄭虔、蘇源明等，相繼死去，代宗永泰元年正月，高適死於長安，子美見諸友一一零落，中心感傷，而五月嚴武又死於任所，子美在成都，失却憑依，在浣花溪畔，共度五年半之歲月，至此結束，乃離別草堂，於五月末乘舟東下，經過嘉州（四川樂山）、戎州（四川宜賓）、重慶，至忠州江邊在龍興寺少住兩月，九月至夔州（四川奉節）以西之雲陽，其旅夜書懷「名豈文章著？官應老病休」，卽此時之感想。在雲陽肺病發作，乃於此休養。——嚴武死後，郭英乂繼任，暴戾驕奢，嚴武之舊屬漢州刺史崔旰率兵擊之，英乂逃簡州，被普州刺史韓澄所殺，傳首於崔旰，邛州牙將柏茂琳、瀘州牙將楊子琳、劍州牙將李昌巙等，又聯兵攻崔旰，此時蜀中又大亂，同時隴右關內又有黨項羌、吐谷渾、吐蕃、回紇之亂，雖民又陸續流亡入蜀，由子美所寫三絕句中可見其悲慘。

子美在雲陽養疴，次年春遷往夔州，居城內之西閣。秋，柏茂琳爲夔州都督，對子美頗有資助，贈以西瀼溪之柑林，子美乃遷於西瀼溪之草堂而居。夔州爲三峽中之山城，此處周近之灩澦堆、瞿塘峽、白帝城、八陣圖、武侯祠、高唐觀等等名勝古蹟，子美遊觀，皆寫入詩中。在夔州寄居二年，除自己精心錘鍊律句而外，並教其子宗武學詩、讀文選，以充實詞藻。

子美之弟杜觀寓居荆州之當陽，常寄函勸子美出峽，子美因在夔州不適應當地之氣候，且朋友稀少，生活雖可維持，亦不願在此久居，乃於代宗大曆三年正月中旬起程，自白帝城開船，出三峽，至荆州，此時生活陷於困難。後又遷居公安（湖北公安縣），不久，因公安發生變亂，乃乘船至岳陽，又自岳陽乘船經潭州至衡陽，聞舅父崔瑋在郴州任錄事參軍，乃溯郴水入耒陽，遇江水大漲，停泊於方田驛，爲暴水所困，五日未得食，耒陽縣令聶某聞訊，便修書問候，曾贈送酒肉，子美曾作聶耒陽以僕阻水書致酒肉詩，以答謝。水勢不退，無法前進，只得轉舵回衡陽北上。及水退之後，聶縣令派人尋找子美，不知子美已去，未見踪影，以爲必然溺水而死，乃於耒陽城北爲子美築一空墓以作紀念，因此，當時傳說：子美因旬日未得食，耒陽令具舟迎之，饋以牛肉白酒，大醉而卒（新舊唐書本傳皆如此云）。

子美被水所阻，不能南下郴州，乃欲北至漢陽，沿漢水至長安，此時貧病交迫，自秋至冬，在湘江水路漂泊，風痺病轉劇，臥倒船中，作風疾舟中伏枕書懷三十六韻，奉呈湖南親友，此詩寫成之後，不久便在湘江死於船中，年五十九歲，時爲代宗大曆五年。家人將其靈柩暫厝於岳陽，憲宗元和八年，其孫杜嗣業赴岳陽移柩歸葬於偃師首陽山下杜預墓之附近，杜審言之墓旁。當嗣業運柩路過荆州時，遇詩人元稹，稹乃爲之撰杜工部墓銘，謂其詩「盡得古人之體勢，而兼昔人之所獨專」焉。

四、李杜合論

李杜俱出自世家士族，俱天才聰明，自幼好學，憂國心切，以用世自期，而生當朝廷腐化之日，國家多難之秋，僅以詩賦顯名於當時，不得重用。志未得酬，而顛沛於喪亂之中，奔波流離，備歷艱苦，作詩人以長終，其命運兩相同也。二人俱以高才碩學，抱濟世之志，而當奸佞當路之日，進身無路，遭受打擊。太白以天寶元年，爲翰林待詔，天寶三年被罷遣，後因永王璘之亂，被連坐，竟遭繫獄之寃。子美於至德二年五月至翌年六月爲左拾遺，以及爲華州司功，爲嚴武之幕僚，總共不過三年之官運，而爲上書救房琯，天顏大怒，亦幾罹无妄之災；二人之遭遇又相同也。

國事蜩螗，憂思難忘，乃藉酒以澆愁，太白「所以終日醉，頹然臥前楹」（春日醉起言志），每日與詩友酒伴「長安市上酒家眠，自稱臣是酒中仙」（飲中八仙歌）；子美則「百年渾得醉，一月不梳頭」（屏跡）。每日與田夫野老聚飲，「肯與鄰翁相對飲，隔籬呼取盡餘杯」（客至），二人放懷縱酒之趣味亦相同。至德二年，當太白因永王璘之案，被繫潯陽獄時，子美在鳳翔，所作天末懷李白云「文章憎命達，魑魅喜人過，應共冤魂語，投詩贈汨羅」。謂太白文章雖高，而命運相悖，鬼蜮含沙射影，惟以害人爲樂；昔大詩人屈原，爲奸邪所害，憂國投汨羅江而死，今太白忠心耿耿，而遭叛逆案之誣枉，只有向屈子之冤魂訴說同心，作詩投於汨羅，以寫胸中之冤抑。後來太白貧困，死於當塗，葬於采石江邊，後人遂造出太白捉月沉江而死之說，以增加對詩人悲憤追思之感。子美死後，後世亦造出沉江而死之說，杜工部耒陽祠堂記略云「子美出瞿塘、下江陵、登岳陽樓、覽衡嶽、抵耒陽，適以江水暴漲，爲驚湍所漂，僅得遺靴，因壘土築屜塚瘞之」。此卽明言子美歿於江湍之中。——子美與太白齊名，在唐時卽李杜並稱，不但其詩名相等，而蜀中爲太白之故鄉，子美亦游居於蜀中，二人詩集中皆有詠蜀中景物之佳作。二人生平爲好友，一切遭遇皆相同，皆窮愁潦倒而死，如謂其皆沉江而死，則眞可謂生死一致，上與屈原爲友，前後三大詩人，同一命運，使後世之弔古者，益增悽愴追悼之思，以慰詩人在天之靈，不亦善乎！

李杜之詩齊名，其詩集而今俱在，吾人讀之，感其詞句韻味各有優美，倘以己之偏好而評其高下，則失當矣。至若論其爲人，則更不可隨意以加褒貶；蓋史書所述，已有可疑，又豈可據之以妄議古人？如新唐書杜甫傳所云『甫性褊躁傲誕，嘗醉登嚴武牀，瞪視曰「嚴挺之乃有此兒！」武亦暴猛，外若不爲忤，中銜之，一日欲殺甫，其母奔救得止』。又云「甫曠放不自檢，好論天下事，高而不切」。舊唐書杜甫傳亦云「甫性褊躁無器度」，如據此以作評論，則子美爲乖僻狂躁之人。又云『嘗憑醉登武之牀，瞪視武曰「嚴挺之乃有此兒」，武雖急暴，不以爲忤』。又謂：嚴武常至子美之草堂問候，並未言武欲殺子美。新唐書亦言「武以世舊待甫甚善，親至其家」，而又謂「欲殺甫」。新舊唐書皆云：子美在耒陽，食牛炙白酒大醉而死。其實子美並未死於耒陽，史書所載，顯然不確；故其所謂子美登嚴武之牀，發譏辱之言，以及嚴武欲殺子美，皆不可信也。

子美號稱詩史，其詩多述家國之史事，及個人之事跡。成都尹劍南節度史嚴武爲尚書左丞挺之之子，挺之與子美爲好友，子美流亡蜀中，嚴武爲蜀中長官，尊子美爲世舊，由子美之詩中可見其二人互相敬重，友誼之篤，其詩目如下：

遭田夫泥飲美嚴中丞——述田翁讚頌嚴武之德政。

揚旗——嚴武置酒公堂，請子美觀騎士試新旗幟。

嚴中丞枉駕見過——嚴武帶小隊人馬出郊，到子美草堂拜訪。

奉和嚴中丞西城晚眺十韻——子美和嚴武之詩，贊美其爲文武全才及政治之美，謂「汲黯匡君切，廉頗出將頻」，「政簡移風速，詩清立意深」。

謝嚴中丞送青城山道士乳酒一瓶——乳酒氣味濃香，爲蜀中之名產，嚴武饋此珍品，子美作詩答謝。

嚴公仲夏枉駕草堂兼攜酒饌——嚴武攜酒饌到草堂與子美歡飲。

奉送嚴公入朝十韻——嚴武奉詔入朝，子美送之於綿州奉濟驛，勖勉其爲國建功，「與時安反側，從容靜塞塵」。並自謂「此生那老蜀，不死會歸秦」。謂自己亦不願老死於蜀地，終願北歸，還於長安。嚴武入京爲京兆尹，兼御史大夫，薦子美爲京兆功曹，子美當時攜眷至閬州，未能赴任。

送嚴侍郎到綿州登杜使君江樓，又有奉濟驛重送嚴公四韻——此二首皆爲送嚴武入京之詩，惜別之情，悽楚纏綿。

九日奉寄嚴大夫——嚴武奉詔入朝，啓程不久，徐知道反，武被兵阻，九月尚未出川，子美念之，故作此詩。

將赴成都草堂途中有作先寄嚴鄭公五首——廣德二年嚴武封鄭國公，復任劍南節度使，時子美攜家在閬州，正擬東下離蜀，忽聞嚴武復任劍南長官，乃決心回成都草堂，故作此詩以寄意，末句云「側身天地更懷古，回首風塵甘息機，共說總戎雲鳥陣，不妨游子芰荷衣」。只求安身而已，已無仕進之志。

草堂——「大將赴朝廷，羣小起異圖」，述前年嚴武入朝之後，徐知道等叛亂，「血滿長街」之慘況，迫子美不得已而離開草堂，又幸而今得以復返草堂，「不忍竟舍此，復來薙榛蕪，入門四松在，步屧萬竹疏。舊犬喜我歸，低徊入衣裾。鄰舍喜我歸，酤酒攜葫蘆；大官喜我來，遣騎問所須；城郭喜我來，賓客隘村墟」。返回草堂，嚴武派騎士訪問子美所缺乏之所需要之物，以便供奉。鄰舍之人，酤酒歡迎；城郭之友，競來慰問，充滿村巷。乖僻傲誕之人，豈能使人敬愛如此。

奉待嚴大夫——嚴武已至成都，子美亦返草堂等候，乃作此詩「殊方又喜故人來，重鎮還須濟世才，常怪偏裨終月待，不知旌節隔年迴。欲辭巴徼啼鶯合，遠下荆門去鵠催。身老時危思會面，一生襟抱向誰開」。其心中之喜悅可見矣。

奉和嚴大夫軍城早秋——藉和嚴武之詩，以述嚴武之軍功。

客堂——子美於客堂對晚春草長鶯啼之佳景，感日前生活之閒適，念嚴武優遇之德，「臺郎選才俊，自顧亦已極」，時嚴武奏薦子美爲工部員外郎，賜緋魚袋，子美自感今已老矣，此榮已極，受嚴武之惠多矣。

哭嚴僕射歸櫬——嚴武於廣德二年，二次來蜀任劍南節度使，不幸次年四月病歿，歸櫬北返時，子美哭之而作此詩。

贈左僕射鄭國公嚴公武（八哀詩）——嚴武歿後，子美追思而作此詩。詩中述說嚴武之才氣自幼不凡，好讀書，能文章，交友敬謹，肅宗時勤王有功，「四登會府地，三掌華陽兵」，功勳顯赫，（嚴武兩度爲京兆尹，兩度爲成都尹。蜀中古爲華陽郡，嚴武初爲東川節度使，又兩度爲劍南節度使）。最後謂「顏回竟短折，賈誼徒忠貞」，「空餘老賓客，身上愧簪纓」。哀思之心，一往情深，更痛念自身之榮顯，全託於嚴武之恩光。

總上所述，可見嚴武與子美，恩舊之誼，何等深厚，子美流亡蜀中，嚴武爲地方最高長官，執晚輩禮，顧恤周到，時至草堂慰問，周濟其困乏，並時携酒饌到草堂歡聚話舊，並向朝廷奏薦子美任官食祿，禮待如此，可謂厚矣！異鄉飄泊，有此幸遇，子美豈能不感激，於其詩中所述，可見其對嚴武愛敬之深，故武雖係後輩，而子美尊稱之曰嚴公，未曾稍有放恣之語，豈能在武面前呼其父之名而凌辱之？

蓋子美在幕府中爲嚴武最尊崇之心腹人，幕僚嫉忌，子美曾作莫相疑行以勸解，或者幕僚揑造子美之醉語，以作離間，一面謂子美侮罵長官，一面謂長官欲殺子美，而其實皆爲烏有，世俗好奇，傳說失實，而修史者採之錄以爲眞，遂使後之讀史者誤以子美爲酗酒之狂夫。舊唐書謂子美「縱酒嘯詠，與田夫野老相狎蕩」，其詩中如客至、寒食、野人送朱櫻、遭田夫泥飲等，皆述其與村農甿民相親洽之情，故二次返草堂，城郭鄰居，皆登門問候，以表歡迎，「褊躁傲誕」之人，曷能如此！——新唐書所謂「甫性褊躁傲誕」，此種評語，與子美之爲人酷不相似，而所謂醉後凌辱嚴武等語，尤爲不近情理，然有人據此以論其玷瑕。讀其詩，考其實，則其玷瑕自然冰釋矣！

論太白者，每擧其從永王璘，幾致殺身之罪，而非議之；並據以論李杜之優劣。蘇轍云「永王璘竊據江淮，白起而從之不疑，遂以致死」（欒城錄）；朱晦翁云「李白見永王璘反，便從臾之，詩人沒頭腦，至於如此」（鶴林玉露）。——夫永王璘爲玄宗之子，肅宗之弟，受朝廷之命，秉軍事大權，負戡亂之責，其初並無異志，其父兄亦未料其後來變卦，太白無論被迫而從，或自願投效，其後陷於罪中，實爲不幸之寃案。對人之不幸遭遇，應作同情之憐諒，豈可反加抨擊？且朱子謂太白慫恿永王璘造反；蘇轍謂太白明知永王竊據江淮，起而從之；此話由何根據而來？明爲誣枉之言。如果眞太白從人造反，子美傲誕侮人，則李杜之詩，亦隨之失色矣！

因誤會太白曾入永王璘之幕府，遂以其有失忠貞，於是評李杜人格顯然有優劣之分。朱子云「杜子美以稷契自許，未知做得與否？然子美卻高」。言其高於太白也。羅大經云「李太白當王室多難，海宇橫潰之日，作爲詩歌，不過豪俠使氣，狂醉於花月之間耳，社稷蒼生曾不繫其心膂；其視少陵之憂國憂民，豈可同年語哉？」（鶴林玉露）。子美自京赴奉先縣詠懷云「許身一何愚？竊比稷與契」，「窮年憂黎元，嘆息腸內熱」，此卽朱子所贊子美以稷契自許，亦卽羅氏所謂「少陵憂國憂民」之證也。其實太白何嘗不憂國憂民？何嘗不想獻身報國？其激昂之情眞乃氣薄風雲也，觀其傷懷寇亂云「洛陽三月飛胡沙，洛陽城中人怨嗟，天津流水波赤血，白骨相撐如亂麻」（扶風豪士歌），是以「撫劍長吟嘯，雄心日千里，誓欲斬鯨鯢，澄淸洛陽水」（贈張相鎬），「齊心戴朝恩，不惜微軀捐」（在水軍宴贈幕府諸侍御），「待吾盡節報明主，然後相攜臥白雲」（駕去溫泉後贈楊山人）。其對寇亂而憂傷，故撫劍長嘯，「感遇明主恩，頗高祖遯言，過江誓流水，志在清中原」（南奔書懷）。然而請纓無路，「報國有壯心，龍顏不迴眷」（江夏寄漢陽輔錄事），既被永王招納，希捐軀以報答朝恩，而又不幸遇變，致罹牢獄之災，然而其寃抑終得大白，故代宗召為左拾遺，不知太白被赦之後，未滿三年已病死於當塗。——由上述可見朱子與羅氏對太白之評語，皆失當；一則以子美高於太白，一則以太白與子美不可同日而語，皆因太白有從永王璘之失，是以謂其不繫心國事；因而判定李杜之優劣。太白在當時既遭寃枉而得洗白，後世又何必如酷吏之苛刻，再翻舊案，而復使之寃枉哉？蘇軾云「太白之從永王璘，當由脅迫。以璘之狂肆寢陋，雖庸人知其必敗。太白能識郭子儀之為人傑，而不能識璘之無成，此理之必不然者！」蔡居厚云「太白豈從人為亂者！蓋其學，本出縱橫，以氣俠自任，當中原擾攘之時，欲藉之以立功名耳。大抵才高意廣，如孔北海之徒，固未必有成功，而知人料事，尤其所難議者，或責以璘之猖獗而欲仰以立事，不能如孔巢父，蕭穎士，察於未萌，斯可矣；若其志，亦可哀矣！」此皆謂太白從永王遇變坐罪，乃寃枉之事，此皆持平之論也；如此，若謂杜高於李，或李下於杜，則皆為虛浮之論矣！

李杜人格之優劣，既不能評判，然「詩以言志」，於其詩中可見二人思想性情之不同。太白任俠好義，器度弘大，十五好劍術，慷慨自負，其在社會打不平，則「少年負壯氣，奮烈自有時，因擊魯勾踐，爭博勿相欺」（少年行），是以曾手刃數人，觀以下之詩，可見其少年時之肝膽義氣：

趙客縵胡纓，吳鈎霜雪明，銀鞍照白馬，颯沓如流星。十步殺一人，千里不留行，
事了拂衣去，深藏身與名。閒過信陵飲，脫劍膝前橫，將炙啖朱亥，持觴勸侯嬴。
三杯吐然諾，五嶽倒爲輕，眼花耳熱後，意氣素霓生。救趙揮金槌，邯鄲先震驚，
千秋二壯士，烜赫大梁城。縱使俠骨香，不慚世上英。——俠客行

紫燕（駿馬名）黃金瞳，啾啾搖綠鬉，平明相馳逐，結客洛門東。少年學劍術，
凌轢白猿公，珠袍曳錦帶，匕首插吳鴻。由來萬夫勇，挾此生雄風，託交從劇孟，
買醉入新豐；笑盡一杯酒，殺人都市中。羞道易水寒，徒令日貫虹，燕丹事不立，
虛沒秦帝宮，舞陽死灰人，安可與成功？——結客少年場行

學劍術作何用？打人間之不平，事了拂衣而去，不願露身分表姓名，非有所圖而爲也。苟得當局者之重用，則學戰國壯士侯嬴朱亥，殺晉鄙救邯鄲，以挫强敵之勢，以拯國家之危。——今世談俠客者，每好稱道荊軻，太史公作刺客傳以荊軻曹沫聶政等同列，而述荊軻之事，尤爲詳盡。固然不可以成敗論英雄，然而荊軻實不能與曹聶相比也。荊軻雖好擊劍，然而所學不精，其與蓋聶論劍，蓋聶怒而目之，軻不肯向人請教，竟懼而走

。魯句踐亦俠士也，軻與之博奕，爲爭棋道，句踐怒而叱之，軻亦不肯請教，默然逃去。軻雖有刺秦王之志，然每日醉酒狂歌，不專心於劍術，而又受太子丹奇異珍物、車騎美女，恣情縱慾，以銷磨精力，如此頹唐墮落，豈足成事？是以秦王左右，手無寸鐵，而軻手持利刃，亦不能戰勝勞心政權之秦王，而反被其斃，空空斷送燕國之版圖及田先生、樊將軍與太子丹之生命，結果燕王雖斬太子丹以謝秦王，亦不能贖罪，而燕國卽因此被滅。是以魯句踐聞荆軻之失敗，嘆曰「惜哉！其不講於劍術也！」不講劍術，醉於酒色，身神萎靡，而欲負壯士之任務，誠所謂不自量也；不自量而輕擧妄動，使恩人太子丹殺身亡國，眞令人啼笑皆非也！此種壯士之名號，應予褫奪，而世人反稱頌之，亦可怪矣！余讀刺客傳，早作此論，及讀太白詩，拍案叫絕，不意余之感想，古人早已言之於前矣，「因擊魯句踐，爭博勿相欺」，博弈乃游戲之事，爲何發怒？爲何叱辱人？軻不敢反叱，竟默然而逃，可見軻乃弱者，以太白之義勇，如在旁睹之，必然打擊魯句踐予以教訓，曰「不要欺人！」荆軻不配爲壯士，而竟不自量力，招惹慘痛之大禍，甚可羞也！太白云「羞道易水寒，……安可與成功」，誠至論也。

開元之末，邊患漸繁，太白少年游俠之心，轉而爲壯士報國之志，「雄劍掛壁，時時龍鳴，國耻未雪，何由成名」（獨漉篇），其慷慨激昂之懷，見之於詩：

朔風吹代馬，北擁魯陽關，吳兵昭雪海，西討何時還？半渡上遼津，黃雲慘無顏，老母與子別，呼天野草間。白馬繞旌旗，悲鳴相追攀，白楊秋月苦，早落豫章山。本爲休明人，斬虜素不閑，豈惜戰鬥死，爲君掃凶頑。精感石沒羽，豈云憚艱險？

——豫章行

虜陣橫北荒，胡星耀精芒，羽書速驚電，烽火晝連光。虎竹救邊急，戎車森已行，明主不安席，按劍心飛揚。推轂出猛將，連旗登戰場，兵威衝絕幕，殺氣淩穹蒼。列卒赤山下，開營紫塞旁，孟冬風沙緊，旌旗颯彫傷。畫角悲海月，征衣卷天霜，揮刀斬樓蘭，彎弓射賢王。單于一平蕩，種落自奔亡，收功報天子，行歌歸咸陽。

——出自薊北門行

目睹胡寇擾攘，民間塗炭之情形，「旌旗繽紛兩河道，戰鼓驚山欲顛倒，秦人半作燕地囚，胡馬翻銜洛陽草」。雖有從戎敵愾之策，然而進身無路，亦只得作逃難之民，「有策不敢犯龍鱗，竄身南疆避胡塵，寶書玉劍掛高閣，金鞍駿馬散故人」（猛虎行）。避亂南下，遇永王璘招納，而又不幸，陷於罪網之中，然而憂心國難，「得罪豈怨天，以愚陷網目，鯨鯢未翦滅，豺狼屢翻覆；悲作楚地囚，何日秦庭哭」（流夜郎半道放還示息秀才）。既爲罪犯，蒙赦不死，已爲大幸，而壯士此時年已老矣，夙昔之志，已無機實現矣，太白自述其身世抱負及最後之歸結云：

本家隴西人，先為漢邊將，功略蓋天地，名飛青雲上。苦戰竟不侯，當年頗惆悵，
世傳崆峒勇，氣激金風壯；英烈遺厥孫，百代神猶王。十五觀奇書，作賦凌相如，
龍顏惠殊寵，麟閣憑天居。晚途未云已，蹭蹬遭讒毀，想緣晉末時，崩騰胡塵起，
衣冠陷鋒鏑，戎虜盈朝市。石勒窺神州，劉聰刼天子，撫劍長吟嘯，雄心日千里；
誓欲斬鯨鯢，澄清洛陽水。六合灑霖雨，萬物無凋枯，我揮一杯水，自笑何區區！
因人恥成事，貴欲決良圖，滅虜不言功，飄然陡蓬壺，惟有安期舄，留之滄海隅。

——贈張相鎬

太白俠骨丹心，不事產業，重義輕財，固然不熱中利祿，故雖遭遇屯邅，窮通得失皆能泰然處之而無罣礙，蓋其思想悟得道家超世之旨，苟其得志用世，飛黃騰達，亦必功成身退，決不戀戀於富貴；故生平甚慕魯仲連之為人。——魯仲連齊之高士，有奇策、善辭令，而不仕，遊於趙，適秦圍趙急，魏使辛垣衍說趙尊秦為帝，易言之，亦即投降稱臣以求解圍；魯仲連反駁辛垣衍之說，使之了悟：秦有虎狼之心，趙若投降而後，魏亦必得惡果。辛垣衍懼，不敢復言帝秦。秦之將領聞趙既不肯降，必然傾力反攻，乃稍退，適魏公子無忌率兵援趙，秦兵始退出趙境。趙圍既解，平原君以仲連有巨功，欲封以

爵位，仲連不受，乃設宴致敬，並報以千金，仲連笑曰「所謂貴於天下之士者，爲人排患釋難，解紛亂，而無所取也，卽有所取者，是商賈之事也；而連不忍爲也！」語畢，乃辭而去。又有一事：燕攻齊，拔聊城，聊城人施反間之計，向燕王進讒言，燕將懼誅，堅守聊城不敢歸。及齊田單反攻，收復失地，惟攻聊城歷時歲餘，士卒多死，而聊城不下，仲連乃寫書射於城中，勸燕將撤退，勿作無謂之犧牲，聊城乃下。齊以仲連有功，欲爵之，仲連乃逃隱於海上，曰「吾如富貴而詘於人，寧貧賤而輕世肆志焉」（史記魯仲連傳）。——太白崇慕魯仲連，每述之於詩中，例如：

齊有倜儻生，魯連特高妙，明月出海底，一朝開光曜。卻秦振英聲，後世仰末照，意輕千金贈，顧向平原笑。吾亦澹蕩人，拂衣可同調。——古風其十

誰道泰山高，下卻魯連節？誰云秦軍衆，摧卻魯連舌？獨立天地間，清風掃蘭雪，夫子還倜儻，攻文繼前烈。錯落石山松，無爲秋霜折，贈言鏤寶刀，千歲庶不滅。——別魯頌

願與四座公，靜談金匱篇，齊心戴朝恩，不惜微軀捐，所冀旄頭滅，功成追魯連。——在水軍宴贈幕府諸侍御

君草陳琳檄，我書魯連箭，報國有壯心，龍顏不廻眷。——江夏寄漢陽輔錄事

恨無左車略，多愧魯連生，拂劍照嚴霜，雕戈縵胡纓。願雪會稽恥，將期報恩榮。——聞李太尉大舉秦兵百萬出征東南，懦夫請纓冀申一割之用，半道病還，留別金陵崔侍御。

魯連賣談笑，豈是顧千金？陶朱雖相越，本有江湖心。余亦南陽子，時爲梁父吟。

蒼山客偃蹇，白日惜頹侵，願一佐明主，功成返舊林。——留別王司馬嵩

東海沉碧水，西園乘紫雲，魯連及柱史，可以躡清芬。——古風其三十六

以上詩句中所稱頌者：魯仲連有功不受祿；范蠡輔越王滅吳復國，亦功成身退；諸葛亮隱居南陽，用之則行，舍之則藏，澹泊爲懷；此皆得道家翛然物外之志趣者也。柱下史老子爲道家之宗師，敎人知足知止，「功成名遂身退」，故太白眞欲躡柱下之清芬。得道家妙旨，見濁世不可以苟合，而能脫然無累，自得逍遙之樂，此卽神仙境界，太白之「雲臥三十年，好閒復愛仙」（安陸白兆山寄劉侍御），乃眞得此中之佳趣者也，其詩云：

三季分戰國，七雄成亂麻，王風何怨怒，世道終紛拏。至人洞玄象，高舉凌紫霞，仲尼欲浮海，吾祖之流沙。

（史記云：老子姓李，唐高祖自稱爲老子之裔，太白與唐同宗，故稱老子爲吾祖）

——古風其二十九

行樂爭晝夜，自言度千秋，功成身不退，自古多愆尤。黃犬（李斯）空嘆息，
綠珠成釁仇（石崇），何如鴟夷子，散髮弄扁舟。——古風其十八

莊周夢蝴蝶，蝴蝶為莊周，一體更變易，萬事良悠悠。乃知蓬萊水，復作清淺流。
青門種瓜客，舊日東陵侯，富貴故如此，營營何所求？——古風其八

天地至廣大，何惜逐物情？善卷讓天子，務光亦逃名；所貴曠達士，朗然合太清。
——設辟邪伎鼓吹雉子班曲辭

我昔東海上，勞山餐紫霞，親見安期生，食棗大如瓜。中年謁漢主，不愜還歸家，
朱顏謝春輝，白髮見生涯。所期就金液，飛出風雲車，願隨夫子天壇上，閑與仙人
掃落花。——寄王屋山人孟大融

傳聞海水上，乃有蓬萊山，玉樹生綠葉，靈仙每登攀；一食駐玄髮，再食留紅顏，
吾欲從此去，去之無時還。——雜詩

太白何蒼蒼，星辰上森列，去天三百里，邈爾與世絕。中有綠髮翁，披雲臥松雪，
不笑亦不語，冥棲在巖穴；我來逢眞人，長跪問寶訣。粲然啓玉齒，授以鍊藥說，
銘骨傳其語，竦身已電滅。仰望不可及，蒼然五情熱，吾將營丹砂，永與世人別。
——古風其五

神仙思想超出常情，故太白亦效莊子「荒唐之言，無端崖之辭」以形容之。道士研究煉丹服食、養生延年之術，太白詩中每好述之，然並不信其能使肉體不死，故曰「金石猶銷鑠，風霜無久質」（長歌行）。神仙卽道家之眞人，老子莊子皆爲眞人，所謂「長生」，卽老子「淡然獨與神明居」之境界；亦卽莊子「上與造物者遊，而下與外死生無終始者爲友」之境界（莊子天下篇），此種思想，非俗人所有；此種境界，非俗人所悟，老子云「下士聞道大笑之，不笑不足以爲道」。故太白云：「道重天地，軒師廣成，蟬翼九五，以求長生，下士大笑，如蒼蠅聲」（來日大難）。莊子大宗師篇云：「天地與我並生，而萬物與我爲一」，卽屈原所謂：「吾與天地兮比壽，與日月兮齊光」（涉江），惟眞人能達此境界，故下士聞道而大笑。

總觀太白之才氣，能詩文、好劍術，有用世之志，亦有超世之心，有憂世之深情，亦有玩世之逸致；故其生平：遍干諸侯，歷抵卿相，詩思跌宕，放浪江湖。其志大言大，如孔門之狂者；其輕視富貴，如楚狂之浩歌；其詩云「憶昔洛陽董糟邱，爲余天津橋南造酒樓，黃金白璧買歌笑，一醉累月輕王侯」（憶舊寄譙郡元參軍），「當時飲酒逐風景，壯心遂與功名疏，蘭生谷底人不鋤，雲在高山空卷舒」（贈從弟南平太守），「興酣落筆搖五嶽，詩成笑傲凌滄州，功名富貴若長在，漢水亦應西北流」（江上吟），

「君不見吳中張翰稱達生，秋風忽憶江東行，且樂生前一杯酒，何用身後千載名」（行路難）；其超逸狂達如此，是以杜甫稱之云「昔年有狂客，號稱謫仙人，筆落驚風雨，詩成泣鬼神」（寄李十二白）；太白自己亦云「我本楚狂人，狂歌笑孔丘，手持綠玉杖，朝別黃鶴樓，五嶽尋仙不辭遠，一生好入名山遊」（廬山謠寄盧侍御虛舟）。——太白之思想性情與子美實不相同也。

子美為醇儒之思想，觀其詩中之自述，可以想見其為人，其奉贈韋左丞丈二十二韻云：

紈袴不餓死，儒冠多誤身，丈人試靜聽，賤子請具陳：甫昔少年日，早充觀國賓，
讀書破萬卷，下筆如有神。賦料揚雄敵，詩看子建親，李邕求識面，王翰願卜鄰。
自謂頗挺出，立登要路津，致君堯舜上，再使風俗淳。此意竟蕭條，行歌非隱淪，
騎驢三十載，旅食京華春。朝叩富兒門，暮隨肥馬塵，殘杯與冷炙，到處潛悲辛。
主上頃見徵，欻然欲求伸，青冥却垂翼，蹭蹬無縱鱗。甚愧丈人厚，甚知丈人眞，
每於百僚上，猥誦佳句新。竊效貢公喜，難甘原憲貧，焉能心怏怏，祇是走踆踆。
今欲東入海，卽將西去秦，尚憐終南山，回首淸渭濱。常擬報一飯，況懷辭大臣，
白鷗沒浩蕩，萬里誰能馴。

其壯遊詩云：

往昔十四五，出遊翰墨場，斯文崔魏徒，以我似班揚。七齡思卽壯，開口詠鳳凰，
九齡書大字，有作成一囊。性豪業嗜酒，嫉惡懷剛腸，脫略小時輩，結交皆老蒼。
飲酣視八極，俗物都茫茫，東下姑蘇臺，已具浮海航。到今有遺恨，不得窮扶桑，
王謝風流遠，闔廬邱墓荒。劍池石壁仄，長州荷芰香，嵯峨閶門北，清廟映回塘。
每趨吳太伯，撫事淚浪浪，枕戈憶句踐，渡浙想秦皇。蒸魚聞匕首，除道哂要章，
越女天下白，鑑湖五月涼。剡溪蘊秀異，欲罷不能忘，歸帆拂天姥，中歲貢舊鄉。
氣劘屈賈壘，目短曹劉墻，忤下考功第，獨辭京尹堂。放蕩齊趙間，裘馬頗清狂，
春歌叢臺上，冬獵青丘旁。呼鷹皁櫪林，逐獸雲雪岡，射飛曾縱鞚，引臂落鶖鶬。
蘇侯據鞍喜，忽如攜葛强，快意八九年，西歸到咸陽。許與必詞伯，賞遊實賢王，
曳裾置醴地，奏賦入明光。天子廢食召，羣公會軒裳，脫身無所愛，痛飲信行藏。
黑貂不免敝，斑鬢兀稱觴，杜曲挽耆舊，四郊多白楊。坐深鄉黨敬，日覺死生忙，
朱門任傾奪，赤族迭罹殃。國馬竭粟豆，官雞輸稻粱，舉隅見煩費，引古惜興亡。
河朔風塵起，岷山行幸長，兩宮各警蹕，萬里遙相望。崆峒殺氣黑，少海旌旗黃，
禹功亦命子，涿鹿親戎行。翠華擁英岳，螭虎瞰豺狼，爪牙一不中，胡兵更陸梁。

大軍載草草，凋瘵滿膏肓，備員竊補衮，憂憤心飛揚。上感九廟焚，下憫萬民瘡，斯時伏青蒲，廷爭守御牀。君辱敢愛死，赫怒幸無傷，聖哲體仁恕，宇縣復小康。哭廟灰燼中，鼻酸朝未央，小臣議論絕，老病客殊方。鬱鬱苦不展，羽翮困低昂，秋風動哀壑，碧蕙捐微芳。之推避賞從，漁父濯滄浪，榮華敵勳業，歲暮有嚴霜。吾觀鴟夷子，才略出尋常，羣凶逆未定，側佇英俊翔。

李杜生平皆遭遇轗軻，顛沛於變亂之秋，然而太白始終超然，心境曠達，雖欲獻身報國，而志不得遂，亦能學道家之恬淡，遁世而無悶，故曰「君平既棄世，世亦棄君平，寂寞綴道論，空簾閉幽情」（古風其十三），「抽刀斷水水更流，舉杯銷愁愁更愁，人生在世不稱意，明朝散髮弄扁舟」（宣州謝脁樓餞別校書叔雲），可見其超脫之致。子美自參加考試，被李林甫嫉忌，落等之後，以至宦途挫折，流亡蜀中，滿懷抑鬱，未嘗銷解，自述其遭受打擊云「破膽遭前政，陰謀獨秉鈞（指李林甫），微生沾忌刻，萬事益酸辛」（奉贈于京兆）。自述其在長安之貧困云「飢餓動即向一旬，敝衣可啻聯百結？君不見空墻日已晚，此老無聲淚垂血」（投簡咸華兩縣諸子）。述其妻子貧苦之狀云「況我墮胡塵，及歸盡華髮，經年至茅屋，妻子衣百結，慟哭松聲廻，悲泉共幽咽。平生所嬌兒，顏色白勝雪，見耶背面啼，垢膩腳不襪」（北征）。述其左拾遺降爲華州掾云

「近侍歸京邑，移官豈至尊，無才日衰老，駐馬望千門」，可見其留連悲傷之情（至德二年甫自京金光門出，間道歸鳳翔，乾元初，從左拾遺移華州掾，與親故別，因出此門，有悲往事）。述其流亡在秦中之苦況云「翠柏苦猶食，明霞高可餐，世人只鹵莽，吾道屬艱難。不炊井晨凍，無衣牀夜寒，囊空恐羞澀，留得一錢看」（空囊）。述其在蜀中之悲傷云「吾衰將焉託？存歿再嗚呼！蕭條益堪愧，獨在天一隅」（遣懷）。不但述經歷遭遇多爲哀愁之語，卽對景抒情亦然，如「感時花濺淚，恨別鳥驚心」（春望），「桑柘葉如雨，飛藿去徘徊，清霜大澤凍，禽獸有餘哀」（昔遊），其同諸公登慈恩寺塔云「自非曠達士，登玆翻多憂」。與詩友登塔遊覽以暢心懷，當時岑參所吟之詩「下窺指高鳥，俯聽聞驚風，青槐夾馳道，宮館何玲瓏！秋色從西來，蒼然滿關中，五陵北原上，萬古青濛濛，淨理了可悟，勝緣夙所宗，誓將掛冠去，覺道資無窮」。可見其心情之爽怡，而子美則反多憂愁，故自言非「曠達」之士。太白爲曠達之士，故其詩無子美之沉鬱，太白游俠好仙，故愛與道人方士相往來；子美自言「褊性合幽棲」（畏人），故好與田夫野老相親狎，其二人思想性格之不同，顯然可見也。

五、詩仙與詩史

詩仙——太白所以有詩仙之名，其原因不一，新唐書云「白之生，母夢長庚星，因以命之」。長庚星卽金星，又名太白星。由其誕生之命名，以及「少有逸才」，已構成世俗神仙之傳說，故賀知章見其文嘆曰「此天上謫仙人也！」舊唐書云：太白「才氣宏放，飄然有超世之心」。是以浪迹江湖，好與方外之士爲友，與道士吳筠爲文字交，與天水權昭夷研煉丹之術，於齊州紫極宮受道籙於高天師，其感興詩中自述云：

十五遊神仙，仙遊未曾歇，吹笙吟松風，汎瑟窺海月。西山玉童子，使我鍊金骨，欲逐黃鶴飛，相呼向蓬闕。

其上安州陸長史書云：

昔與逸人東巖子，隱於岷山之陽，白巢居數年，不跡城市。養奇禽千計，呼皆就掌取食，了無驚猜。

太白隱於岷山之陽時，年約二十歲，岷山之主峯名戴天山，又名大匡山，其與東巖子隱居於此，讀書學道，常與道士相往來，所作訪戴天山道士不遇詩，卽在此時。嗣後又至峨眉山學道，所作登峨眉山、聽蜀僧濬彈琴、峨眉山月、峨眉山歌送蜀僧晏入中京等詩，皆在此時。嗣後又至安陸壽山學道，其代壽山答孟少府移文書云：

淮南小壽山，謹遣使東峯金衣雙鶴銜飛雲錦書于維楊孟公足下曰：僕包大塊之氣，生洪荒之間，連翼軫之分野，控荆衡之遠勢，盤薄萬古，邈然星河，憑天霓以結峯，倚斗極而橫嶂，頗能攢吸霞雨，隱居靈仙，產隋侯之明珠，蓄卞氏之光寶，罄宇宙之美，殫造化之奇，方與崑崙抗行，閬風接境，何人間巫廬台霍之足陳耶？……近者逸人李白，自峨眉而來，爾其天為容，道為貌，不屈己，不干人，巢由以來一人而已。乃蚪蟠龜息，造乎此山，僕嘗弄之以綠綺，卧之以碧雲，漱之以瓊液，餌之以金砂，既而童顏益春，眞氣愈茂，將欲倚劍天外，掛弓扶桑，浮四海，橫八荒，出宇宙之寥廓，登雲天之渺茫。

壽山並非著名之大山，而景色幽美，太白代壽山自述謂「能攢吸霞雨，隱居靈仙」，自以可與崑崙之閬風仙境爭勝，若夫蜀之巫山、贛之匡廬、浙之天台、皖之霍山、何足道哉！此卽莊子所云：尺鷃不羨於大鵬，秋毫可並於太山，宇宙萬物各適其性，無小大之殊也。而太白於此，卧碧雲，漱瓊液，眞乃神仙生涯也。

太白在安陸隱居十年，繼之至山東，與徂徠山隱士孔巢父、韓準、裴政、陶沔、張叔明等相邀遊，時號竹溪六逸。嗣後，至長安，玄宗召見，賜翰林學士，文名震京師，太子賓客賀知章，呼之為「謫仙子」（魏顥李翰林集序），時與賀知章、李適之、汝陽王璡（睿宗之孫）、崔宗之、蘇晉、張旭、焦遂等，飲酒賦詩，時號飲中八仙。杜甫有歡中八仙歌以述其事云「李白一斗詩百篇，長安市上酒家眠，天子呼來不上船，自稱臣是酒中仙」，可見其超逸之度。昔東漢郭林宗，博學善談，不慕榮利，名震天下，嘗與李膺同舟，衆人望之，以爲神仙（後漢書郭太傳），太白辭翰林，浪迹遨遊，時「崔宗之謫官金陵，與白詩酒倡和，嘗月夜乘舟，自采石磯達金陵，白衣宮錦袍，於舟中顧瞻笑傲，旁若無人」，新舊唐書皆載此事，亦特書其瀟灑出塵之情致也。

以上所述已足構成太白神仙之名，故其歿後，遂有捉月沉江而逝之說，宋宋無詩云「一騎紫鯨去，空掩謝山塋，落月今誰弔，長庚夜自明」（李翰林墓詩），此卽言太白仙去也。柳宗元之龍城錄云「元和初，有人自北海來，見太白與一道士在高山上笑語，頃之，道士於翠霧中跨赤虬而去，太白聳身健步追及，共乘之而東走」。元和初距太白歿時已四十餘載，此神話之用意卽在證明太白確已成仙。

大詩人有上述種種神仙之說，詩仙之名已足成立。詩人好仙者不止一人，而太白獨被稱爲神仙者，除上述之因而外，主要者以其天機清妙，富有想像力，能以豪邁之才，生花之筆，暢所欲言，以寫其激昂靑雲飄然出塵之致，故其詩如神龍變幻，如天馬行空，光芒耀目，不可端倪，當時其族叔李陽冰評之云「不讀非聖之書，恥爲鄭衞之作，故其言多似天仙之辭」。晚唐詩人皮日休評之云「言出天地外，思出鬼神表，讀之則神馳八極，測之則心懷四溟，磊磊落落，眞非世間語者」；清沈德潛唐詩別裁集云「太白七言詩，想落天外，局自變生。大江無風，波浪自湧，白雲卷舒，從風變滅，此殆天授，非人所及」。非世間語，非人所及，惟詩仙能之。茲舉其詩兩則如下：

我本楚狂人，狂歌笑孔丘。手持綠玉杖，朝別黃鶴樓。五嶽尋仙不辭遠，
一生好入名山遊。廬山秀出南斗旁，屏風九疊雲錦張，影落明湖青黛光，
金闕前開二峯長。銀河倒掛三石梁，香爐瀑布遙相望，廻崖沓嶂凌蒼蒼，
翠影紅霞映朝陽。鳥飛不到吳天長，登高壯觀天地間，大江茫茫去不還，
黃雲萬里動風色，白波九道流雪山。好爲廬山謠，興因廬山發，
閒窺石鏡清我心，謝公行處蒼苔沒，早服還丹無世情，琴心三疊道初成。
遙見仙人彩雲裏，手把芙蓉朝玉京，先期汗漫九垓上，願結盧敖遊太清。

——廬山謠寄盧侍御虛舟

海客談瀛洲，煙濤微茫信難求。越人語天姥，雲霞明滅或可覩。
天姥連天向天横，勢拔五嶽掩赤城。天台四萬八千丈，對此欲倒東南傾，
我欲因之夢吳越，一夜飛度鏡湖月，湖月照我影，送我至剡溪，
謝公宿處今尙在，淥山蕩漾淸猿啼，脚著謝公屐，身登青雲梯，

半壁見海日，空中聞天雞，千巖萬壑路不定，迷花倚石忽已暝。
熊咆龍吟殷巖泉，慄深林兮驚層巔，雲青青兮欲雨，水澹澹兮生烟，
列缺霹靂，邱巒崩摧，洞天石扉，訇然中開，青冥浩蕩不見底，
日月照耀金銀臺。霓爲衣兮風爲馬，雲之君兮紛紛而來下。虎鼓瑟兮鸞廻車，
仙之人兮列如麻，忽魂悸以魄動，怳驚起而長嗟。惟覺時之枕席，
失向來之煙霞。世間行樂亦如此，古來萬事東流水，別君去兮何時還，
且放白鹿青崖間，欲行卽騎訪名山，安能摧眉折腰事權貴，使我不得開心顏。

——夢遊天姥吟留別

太白詩思飄逸，每神遊仙境，與仙人過從，或乘雲螭而吸光彩，或挾兩龍而凌倒影，或留玉舄而上蓬山，或折若木而遊八極，或借白鹿於赤松子，或飡金光於安期生，或至清都與韓衆相親，或於泰山受金仙之道，此類吟詠不勝枚舉，此卽莊子所謂「乘雲氣，御飛龍而遊乎四海之外」者也；而其筆意之超逸，文辭之瑰琦，隨其思想曲盡其妙，非詩仙其誰能之？

詩史——新唐書杜甫傳贊云「甫又善陳時事，律切精深，至千言不少衰，世號詩史」。此詩史之稱所由來也。其詩多述事寫實之作，其內容可分三時期：

第一：其少年爲天寶之亂以前之時期，詩中可見其幼年之活潑「憶昔十五心尚孩，健如黃犢走復來，庭前八月梨棗熟，一日上樹能千回」（百憂集行）。弱冠出遊，浪迹於齊魯吳越，望嶽、登兗州城樓、「放蕩齊趙間，裘馬頗清狂」，不但個人無憂無慮，而社會亦人和年豐，安樂無事，故其詩云：

憶昔開元全盛日，小邑猶藏萬家室，稻粱流脂粟米白，公私倉廩俱豐實。
九州道路無豺虎，遠行不勞吉日出，齊紈魯縞車班班（商賈之盛），
男耕女織不相失。——憶昔。

第二：其中年爲天寶之初，及安史之亂時期。子美三十五歲入長安，此時楊氏兄妹擅權擾政，勾結安祿山，朝政腐敗，皇室貴戚，享受奢侈，民生凋敝，子美作麗人行以述貴妃國舅遊宴之豪華，自京師赴奉先詠懷云「彤廷所分帛，本自寒女出，鞭撻其夫家，聚斂貢城闕」，「朱門酒肉臭，路有凍死骨，榮枯咫尺異，惆悵難再述」，富貴侈靡之樂，耗盡人民之脂膏，而在上者不恤也；反而私心弄權，竟致釀成大亂，兵役之苦，寇禍之殘，民間種種慘痛，及自身流亡之艱險，於兵車行、哀江南、哀王孫、三吏、三別，及秦州雜詩，同谷七歌等詩所述，情景歷歷如繪，悽楚動人。

第三：逃難入川及出川之時期。——子美入川，寄居成都，此時身心較爲安定，浣

花溪畔，草堂幽居，安貧樂道，惟盼喪亂速靖，天下清平，所作山寺、草堂、絕句漫興，江畔獨步尋花，及與嚴武酬和等詩，可見其心情之閒靜。此時之作品，意境愈深，韵律愈嚴，故自云「晚節漸於詩律細」（遣悶戲呈路十九曹長），「新詩改罷自長吟」（解悶十二首）。在夔州所作秋興八首，及白帝城、諸葛廟、詠懷古蹟五首、及秋日夔府詠懷寄鄭監李賓客一百韻等詩，皆爲此時之傑作。

總觀杜詩三期作品，所述天寶之亂，安史與楊氏「盜賊本王臣」（有感五首），寇禍之烈，社會之苦，爲當時史事之寫眞。所述自身之生活，宦途之遭遇，艱苦之流亡，友好之交遊，爲個人之史實；而萬里之奔波，山川之景物，俱一一寫入詩中，故宋人有「杜陵詩卷是圖經」之語，詩史之名非虛譽也。新唐書杜甫傳贊杜詩云「甫渾涵汪茫，千彙萬狀，兼古今而有之。故元稹云：詩人以來，未有如子美者」。是以明楊升庵謂「杜甫聖於詩」，清王漁洋居易錄亦稱杜甫爲詩聖。因此，子美又有詩聖之號，然不如詩史之名爲恰當也。

六、李杜詩之比較

詩爲心聲，李杜之性格與思想不同，其詩當然有異。世之論李杜詩者，或尊李而抑杜，或尊杜而抑李，亦有對李杜作同等觀者，蓋各就心之所好，意之所會，而判其高下。王維之田園詩與高適之邊塞詩情味不同；白居易之通俗詩與李商隱之無題詩構造不同；各有其妙處。讀者對各家之詩，體會之深淺不同，欣賞力之高低不同。因而各就其心之所得，意之所愜，而作評語。司空圖之「松日明金象，苔龕響木魚」，非在荒山古寺，不能得其幽趣；劉長卿之「柴門聞犬吠，風雪夜歸人」，非在寒村雪夜不能知其況味；岑參之「將軍金甲夜不脫，半夜軍行戈相撥，風頭如刀面如割」，在北方寒夜緊急行軍，方能體其眞況；元稹之「曾經滄海難爲水，除却巫山不是雲，取次花叢懶回顧，半緣修道半緣君」，前二句已成爲流行之佳句，後二句，似與前不相關連，不解其所指，則不知其句之妙；以此知作詩不易，而欣賞詩亦不易也。欣賞不易，故評詩不可徒從己之所好而加褒貶。太白之飄逸，子美之沉鬱，各有雅趣，實不易論高下，玆舉其詩以作比較，隋珠卞玉皆爲可賞之寶，俞琴瓠瑟各有知音之人，比較觀之，由讀者之領會，而有等差之辨，亦爲必然之事也。分類選列其詩如下：

書　懷

出東門後書懷留別翰林諸公　　李白

好古笑流俗，素聞賢達風，方希佐明主，長揖辭成功。白日在高天，廻光燭微躬，恭承鳳凰詔，欻起雲蘿中。清切紫霄迥，優游丹禁通，君王賜顏色，聲價凌煙虹。乘輿擁翠蓋，扈從金城東，寶馬麗絕景，錦衣入新豐。依巖望松雪，對酒鳴絲桐，因學揚子雲，獻賦甘泉宮。天書美片善，清芬播無窮，一朝去金馬，飄落成飛蓬。賓客日疎散，玉樽亦已空，才力猶可倚，不慚世上雄。閑作東武吟，曲盡情未終，書此謝知己，吾尋黃綺翁。

感興（其七）

碣來荊山客，誰爲珉玉分？良寶絕見棄，虛持三獻君。直木忌先伐，芬蘭哀自焚，盈滿天所損，沉溟道所羣。東海有碧水，西山多白雲，魯連及夷齊，可以躡清芬。

翰林讀書言懷呈集賢諸學士

晨趨紫禁中，夕待金門詔，觀書散遺帙，探古窮至妙。片言茍會心，掩卷忽而笑，青蠅易相點，白雪難同調。本是疏散人，屢貽褊促誚，雲天屬清朗，林壑憶遊眺。
或時清風來，閑倚欄下嘯，嚴光桐廬溪，謝客臨海嶠，功成謝人間，從此一投釣。

古風（其十二）

松柏本孤直，難爲桃李顏，昭昭嚴子陵，垂釣蒼波間。身將客星隱，心與浮雲閑，
長揖萬乘君，還歸富春山。清風灑六合，邈然不可攀，使我長嘆息，冥棲巖石間。

送裴十八圖南歸嵩山

君思潁水綠，忽復歸高岑，歸時莫洗耳，爲我洗其心。洗心得眞情，洗耳徒買名，
謝公終一起，相與濟蒼生。

述懷　　杜甫

去年潼關破，妻子隔絕久，今夏草木長，脫身得西走。麻鞋見天子，衣袖露兩肘，
朝廷憖生還，親故傷老醜。涕淚授拾遺，流離主恩厚，柴門雖得去，未忍卽開口。
寄書問三川，不知家在否？比聞同罹禍，殺戮到雞狗。山中漏茅屋，誰復依戶牖？

摧頹蒼松根，地冷骨未朽。幾人全性命，盡室豈相偶，嶔岑猛虎場，鬱結回我首。
自寄一封書，今已十月後，反畏消息來，寸心亦何有！漢運初中興，生平老耽酒，
沉思歡會處，恐作窮獨叟。

羌村

崢嶸赤雲西，日脚下平地，柴門鳥雀噪，歸客千里至。妻孥怪我在，驚定還拭淚，
世亂遭飄蕩，生還偶然遂。鄰人滿牆頭，感歎亦歔欷。夜闌更秉燭，相對如夢寐。

其三

羣雞正亂叫，客至雞鬥爭，驅雞上樹木，始聞扣柴荆。父老四五人，問我久遠行，
手中各有攜，傾榼濁復清。苦辭酒味薄，黍地無人耕，兵革既未息，兒郎盡東征。
請爲父老歌，艱難愧深情，歌罷仰天歎，四座淚縱橫。

乾元中寓居同谷縣作歌七首

有客有客字子美，白頭亂髮垂過耳，歲拾橡栗隨狙公，天寒日暮山谷裡。

中原無書歸不得，手脚凍皴皮肉死，嗚呼！一歌兮歌已哀，悲風爲我從天來！

其二

長鑱長鑱白木柄，我生託子以爲命，黃精無苗山雪盛，短衣數挽不掩脛。
此時與子空歸來，男呻女吟四壁靜，嗚呼！二歌兮歌始放，鄰里爲我色惆悵！

其三

有弟有弟在遠方，三人各瘦何人强？生別展轉不相見，胡塵暗天道路長。
東飛鴐鵝後鶖鶬，安得送我置汝旁？嗚呼！三歌兮歌三發，汝歸何處收兄骨？

其四

有妹有妹在鍾離，良人早歿諸孤痴，長淮浪高蛟龍怒，十年不見來何時？
扁舟欲往箭滿眼，杳杳南國多旌旗，嗚呼！四歌兮歌四奏，林猨爲我啼淸晝！

其五

四山多風溪水急，寒雨颯颯枯樹濕，黃蒿古城雲不開，白狐跳梁黃狐立。
我生何爲在窮谷？中夜起坐萬感集，嗚呼！五歌兮歌正長，魂招不來歸故鄉！

其六

南有龍兮在山湫，古木巃嵸枝相樛，木葉黃落龍正蟄，蝮蛇東來水上游。
我行怪此安敢出？拔劍欲斬且復休，嗚呼！六歌兮歌思遲，溪壑爲我回春姿！

其七

男兒生不成名身已老，三年飢走荒山道，長安卿相多少年，富貴應須致身早。
山中儒生舊相識，但話宿昔傷懷抱，嗚呼！七歌兮悄終曲，仰視皇天白日速！

發閬中

前有毒蛇後猛虎，溪行盡日無村塢，江風蕭蕭雲拂地，山木慘慘天欲雨。
女病妻憂歸意急，秋花錦石誰復數，別家三月一得書，避地何時免愁苦！

歲暮

歲暮遠爲客，邊隅還用兵，烟塵犯雪嶺，鼓角動江城。天地日流血，朝廷誰請纓？
濟時敢愛死，寂寞壯心驚！

時事

塞下曲　李白

五月天山雪，無花只有寒，笛中聞折柳，春色未曾看。曉戰隨金鼓，宵眠抱玉鞍，
願將腰下劍，直爲斬樓蘭。

其二

天兵下北荒，胡馬欲南飲，橫戈從百戰，直爲銜恩甚。握雪海上餐，拂沙隴頭寢，
何當破月氏，然後方高枕。

其六

烽火動沙漠，連照甘泉雲，漢皇按劍起，還召李將軍。兵氣天上合，鼓聲隴底聞，
橫行負勇氣，一戰靜妖氛。

從軍行

從軍玉門道，逐虜金微山，笛奏梅花曲，刀開明月環。鼓聲鳴海上，兵氣擁雲間，
願斬單于首，長驅靜鐵關。

古風

胡關饒風沙，蕭索竟終古，木落秋草黃，登高望戎虜。荒城空大漠，邊邑無遺堵，
白骨橫千霜，嵯峨蔽榛莽。借問誰凌虐？天驕毒威武，赫怒我聖皇，勞師事鼙鼓。
陽和變殺氣，發卒騷中土，三十六萬人，哀哀淚如雨！且悲就行役，安得營農圃？
不見征戍兒，豈知關山苦？李牧今不在，邊人飼豺虎！

按：此詩指天寶六年玄宗命哥舒翰攻吐蕃石堡城之役而言。

古風

羽檄如流星，虎符合專城，喧呼救邊急，羣鳥皆夜驚。白日曜紫微，三公運權衡，天地皆得一，澹然四海清。借問此何爲？答言楚徵兵，渡瀘及五月，將赴雲南征。怯卒非戰士，炎方難遠行，長號別嚴親，日月慘光晶；泣盡繼以血，心摧兩無聲，困獸當猛虎，窮魚餌奔鯨；千去不一回，投軀豈全生？如何舞干戚，一使有苗平！

按：南詔者烏蠻之別種也，開元二十六年封南詔之酋爲雲南王，楊國忠薦其私人鮮于仲通爲劍南節度使，仲通性褊急，失蠻夷心，雲南太守張虔陀又徵求無厭，雲南王閣羅鳳忿怨，於天寶九年舉兵反，仲通率兵六萬擊之，全軍覆沒，國忠隱其敗，更以捷報，增兵討伐，前後死者幾二十萬人，無敢言者。——太白此詩即指此事而言。

戰城南（指玄宗好邊功征伐而言）

去年戰桑乾源，今年戰葱河道，洗兵條支海上波，放馬天山雪中草。萬里長征戰，三軍盡衰老。匈奴以殺戮爲耕作，古來惟見白骨黃沙田，秦家築城避胡處，漢家還有烽火燃，烽火燃不息，征戰無已時。野戰格鬥死，敗馬號鳴向天悲；

烏鳶啄人腸，銜飛上掛枯樹枝；士卒塗草莽，將軍空爾爲，乃知兵者是凶器，
聖人不得已而用之。

胡無人（曲名）

嚴風吹霜海草凋，筋幹精堅胡馬驕，漢家戰士三十萬，將軍兼領霍票姚。
流星白羽腰間插，劍光秋蓮光出匣，天兵照雪下玉關，虜箭如沙射金甲。
雲龍風虎盡交回，太白入月敵可摧，敵可摧，旄頭滅。履胡之腸涉胡血，
懸胡青天上，埋胡紫塞旁，胡無人、漢道昌。

北上行

北上何所苦？北上緣太行，磴道盤且峻，巉巖凌穹蒼。馬足蹶側石，車輪摧高崗，
沙塵接幽州，烽火連朔方。殺氣毒劍戟，嚴風裂衣裳，奔鯨夾黃河，鑿齒屯洛陽。
前行無歸日，返顧思舊鄉，慘慽冰雪裏，悲號絕中腸。尺布不掩體，皮膚劇枯桑，
汲水澗谷阻，採薪隴坂長。猛虎又掉尾，磨牙皓秋霜，草木不可餐，飢飲寒露漿。
嘆此北上苦，停驂爲之傷，何日王道平？開顏覩天光。

按：此詩述當時行軍之苦。奔鯨指史思明崔乾祐之徒。鑿齒古之獸名，食人，此指安祿山而言。

幽州胡馬客歌

幽州胡馬客，綠眼虎皮冠，笑拂兩隻箭，萬人不可干。彎弓若轉月，白雁落雲端，雙雙掉鞭行，遊獵向樓蘭。出門不顧後，報國死何難？天驕五單于，狼戾好兇殘。牛馬散北海，割鮮若虎餐，雖居燕支山，不道朔雪寒。婦女馬上笑，顏如赬玉盤，翻飛射鳥獸，花月醉雕鞍。旄頭四光芒，爭戰若蜂攢，白刃灑赤血，流沙爲之丹。名將古誰是？疲兵良可嘆．何時天狼滅，父子得閑安。

白馬篇

龍馬花雪白，金鞍五陵豪，秋霜切玉劍，落日明珠袍。鬥雞事萬乘，軒蓋一何高！弓摧南山虎，手接太行猱。酒後競風采，三杯弄寶刀，殺人如剪草，劇孟同遊遨。發憤去函谷，從軍向臨洮，叱咤萬戰場，匈奴盡奔逃。歸來使酒氣，未肯拜蕭曹，羞入原憲室，荒徑隱蓬蒿。

臨江王節士歌

洞庭白波木葉稀，燕鴻始入吳雲飛，吳雲寒、燕鴻苦，風號沙宿瀟湘浦；節士悲秋淚如雨，白日當天心照之，可以事明主。壯士憤，雄風生，安得倚天劍，跨海斬長鯨。

司馬將軍歌

狂風吹古月，竊弄章華臺，北落明星動光彩，南征猛將如雲雷。手中電擊倚天劍，直斬長鯨海水開。我見樓船壯心目，頗似龍驤下三蜀，揚兵習戰張虎旗，江中白浪如銀屋。身居玉帳臨河魁，紫髯若戟冠崔嵬，細柳開營揖天子，始知灞上爲嬰孩。羌笛横吹阿嚲迴，向月樓中吹落梅，將軍自起舞長劍，壯士呼聲動九垓，功成獻凱見明主，丹青畫像麒麟臺。

門有車馬客行

門有車馬賓，金鞍耀朱輪，謂從丹霄落，乃是故鄉親，呼兒掃中堂，坐客論悲辛，對酒兩不飲，停觴淚盈巾。嘆我萬里遊，飄飄三十春，空談帝王略，紫綬不掛身。
雄劍藏玉匣，陰符生素塵，廓落無所合，流離湘水濱。借問宗黨間，多爲泉下人，
生苦百戰役，死託萬鬼鄰。北風揚胡沙，埋翳周與秦，大運且如此，蒼穹寧匪仁！
惻愴竟何道？存亡任大鈞。（周秦指東西二都而言）。

奔亡道中

蘇武天山上，田橫海島邊，萬重關塞斷，何日是歸年？

又

淼淼望湖水，青青蘆葉齊，歸心落何處？日沒大江西。歇馬傍春草，欲行遠道迷，
誰忍子規鳥，連聲向我啼。

軍行

騮馬新跨白玉鞍，戰罷沙場月色寒，城頭鐵鼓聲猶震，匣裡金刀血未乾。

悲陳陶　　杜甫

孟冬十郡良家子，血作陳陶澤中水，野曠天清無戰聲，四萬義軍同日死。羣胡歸來血洗箭，仍唱胡歌飲都市，都人回面向北啼，日夜更望官軍至。
（陳陶澤在咸陽縣，至德元年房琯與安守忠戰，敗績於此）。

悲青坂

我軍青坂在東門，天寒飲馬太白窟，黃頭奚兒日向西，數騎彎弓敢馳突。山雪河冰野蕭瑟，青是烽烟白人骨，焉得附書與我軍，忍待明年莫倉卒。
（蘇軾云：琯既敗，猶欲持重有所伺，中人邢延恩等促戰，倉皇失據，竟至於敗，故後篇如此云）

苦戰行

苦戰身死馬將軍，自云伏波之子孫，干戈未定失壯士，使我歎恨傷精魂。去年江南討狂賊，臨江把臂難再得，別時孤雲今不飛，時獨看雲淚滿臆。

兵車行

車轔轔，馬蕭蕭，行人弓箭各在腰，爺娘妻子走相送，塵埃不見咸陽橋，牽衣頓足攔道哭，哭聲直上干雲霄。道旁過者問行人，行人但云點行頻。或從十五北防河，便至四十西營田，去時里正與裹頭，歸來頭白還戍邊。邊庭流血成海水，武皇開邊意未已。君不見漢家山東二百州，千村萬落生荊杞，縱有健婦把鋤犂，禾生隴畝無東西。況復秦兵耐苦戰，被驅不異犬與雞。長者雖有問，役夫敢申恨！且如今年冬，未休關西卒，縣官急索租，租稅從何出？信知生男惡，反是生女好，生女猶得嫁比鄰，生男埋沒隨百草，君不見青海頭，古來白骨無人收，新鬼煩冤舊鬼哭，天陰雨濕聲啾啾！

遣興

下馬古戰場，四顧但茫然，風悲浮雲去，黃葉墜我前。朽骨穴螻蟻，又爲蔓草纏，故老行歎息，今人尚開邊。漢虜互勝負，封疆不常全，安得廉頗將，三軍同晏眠。

逃難

五十白頭翁，南北逃世難，疎布纏枯骨，奔走苦不暖。已衰病方入，四海一塗炭，

乾坤萬里內，莫見容身畔。妻孥復隨我，回首共悲歎，故國莽丘墟，鄰里各分散，
歸路從此迷，涕盡湘江岸。

南征

春岸桃花水，雲帆楓樹林，偸生長避地，適遠更霑襟。老病南征日，君恩北望心，
百年歌自苦，未見有知音。

歸夢

道路時通塞，江山日寂寥，偸生惟一老，伐叛已三朝。雨急青楓暮，雲深黑水遙，
夢歸歸未得，不用楚辭招。

觀兵

北庭送壯士，貔虎數尤多，精銳舊無敵，邊隅今若何？妖氛擁白馬，元帥持彤戈，
莫守鄴城下，斬鯨遼海波。

按：乾元元年十月，郭子儀等圍相州，明年三月史思明增援，官軍敗而圍解。相州治卽魏

都鄴城，故此詩謂不當困守鄴城，老師乏饋，以致敵援之至也。

寫　景

遊太山　李　白

平明登日觀，舉手開雲關，精神四飛揚，如出天地間。黃河從西來，窈窕入遠山，憑崖攬八極，日盡長空閑。偶然值青童，綠髮雙雲鬟，笑我晚學仙，蹉跎凋朱顏。躊躇忽不見，浩蕩難追攀。

春日遊羅敷潭

行歌入谷口，路盡無人躋，攀崖度絕壑，弄水尋迴溪。雲從石上起，客到花間迷，淹留未盡興，日落羣峯西。

望廬山瀑布水

西登香爐峯，南見瀑布水，掛流三百丈，噴壑數十里。欻如飛電來，隱若白虹起，初驚河漢落，半灑雲天裏。仰觀勢轉雄，壯哉造化功，海風吹不斷，江月照還空。
空中亂深射，左右洗青壁，飛珠散輕霞，流水穿穹石。而我樂名山，對之心益閑，
無論漱瓊液，且得洗塵顏，且諧夙所好，永願辭人間。

春日獨酌

東風扇淑氣，水木榮春暉，白日照綠草，落花散且飛。孤雲還空山，衆鳥各已歸，
彼物皆有託，吾生獨無依，對此石上月，長醉歌芳菲。

侍從宜春苑奉詔賦龍池柳色初青聽新鶯百囀歌

東風已綠瀛洲草，紫殿紅樓覺春好，池南柳色半青青，縈烟裊娜拂綺城。
垂絲百尺掛雕楹，上有好鳥相和鳴，間關早得春風情，春風卷入碧雲去，
千門萬戶皆春聲。是時君王在鎬京，五雲垂暉耀紫清，仗出金宮隨日轉，
天回玉輦繞花行。始向蓬萊看舞鶴，還過茝石聽新鶯，新鶯飛繞上林苑，
願入簫韶雜鳳笙。

登新平樓

去國登茲樓，懷歸傷暮秋，天長落日遠，水淨寒波流。秦雲起嶺樹，胡雁飛沙洲，蒼蒼幾萬里，目極令人愁。

秋思

春陽如昨日，碧樹鳴黃鸝，蕪然蕙草暮，颯爾涼風吹。天秋木葉下，月冷沙雞悲，坐愁羣芳歇，白露凋華滋。

月夜江行寄崔員外宗之

飄飄江風起，蕭颯海樹秋，登艫美清夜，掛席移輕舟。月隨碧山轉，水合青天流，杳如星河上，但覺雲林幽。歸路方浩浩，徂川去悠悠，徒悲蕙草歇，復聽菱歌愁。岸曲迷後浦，沙明瞰前洲，懷君不可見，望遠增離憂。

與任城許主簿遊南池（城在濟寧城南門外）　杜甫

秋水通溝洫，城隅集小船，晚涼看洗馬，森木亂鳴蟬。菱熟經時雨，蒲荒八月天，晨朝降白露，遙憶舊青氈。

青陽峽

塞外苦厭山，南行道彌惡，岡巒相經亙，雲水氣參錯。林迴硤角來，天窄壁面削，磎西五里石，奮怒向我落。仰看日車側，俯恐坤軸弱，魑魅嘯有風，霜霰浩漠漠。昨憶踰隴坂，高秋視吳岳，東笑蓮花卑，北知崆峒薄。超然侔壯觀，已謂隱寥廓，突兀猶趁人，及茲嘆冥寞。

按：肅宗在鳳翔改汧陽縣吳山爲西岳，故詩中稱吳岳。

光祿坂行（在梓州銅山縣）

山行落日下絕壁，西望千山萬山赤，樹枝有鳥亂鳴時，暝色無人獨歸客。馬驚不憂深谷墜，草動只怕長弓射，安得更似開元中，道路卽今多擁隔。

春日江村

農務村村急，春流岸岸深，乾坤萬里眼，時序百年心。茅屋還堪賦，桃源自可尋，艱難賤生理，飄泊到如今。

落日

落日在簾鈎，溪邊春事幽，芳菲緣岸圃，樵爨倚灘舟。啅雀爭枝墜，飛蟲滿院游，濁醪誰造汝，一酌散千愁。

村夜

蕭蕭風色暮，江頭人不行，村春雨外急，鄰火夜深明。胡羯何多難？漁樵寄此生，中原有兄弟，萬里正含情。

水檻遣興

去郭軒楹敞，無村眺望賒，澄江平少岸，幽樹晚多花。細雨魚兒出，微風燕子斜，城中十萬戶，此地兩三家。

山館

南國晝多霧，北風天正寒，路危行木杪，身遠宿雲端。山鬼吹燈滅，厨人語夜闌，雞鳴問前舘，世亂敢求安！

古蹟

謁老君廟　　李白

先君懷聖德，靈廟肅神心，草合人蹤斷，塵濃鳥跡深。流沙丹竈滅，關路紫烟沉，獨傷千載後，空餘松柏林。

經下邳圯橋懷張子房

子房未虎嘯，破產不為家，滄海得壯士，椎秦博浪沙。報韓雖不成，天地皆振動，潛匿遊下邳，豈曰非智勇？我來圯橋上，懷古欽英風，唯見碧水流，曾無黃石公。嘆息此人去，蕭條徐泗空。

謝公宅（當塗青山謝朓宅）

青山日將暝，寂寞謝公宅，竹裡無人聲，池中虛月白。荒庭衰草徧，廢井蒼苔積，唯有清風閑，時時起泉石。

陵歊臺（台在當塗黃山）

曠望登古台，台高極人目，疊障列遠空，雜花間平陸。閑雲入窗牖，野翠生松竹，欲覽碑上文，苔侵豈堪讀？

登廣武古戰場懷古（在成皋縣東北）

秦鹿奔野草，逐之若飛蓬，項王氣蓋世，紫電明雙瞳。呼吸八千人，橫行起江東，赤精斬白帝，叱咤入關中。兩龍不並躍，五緯與天同，楚滅無英圖，漢興有成功，按劍清八極，歸酣歌大風。伊昔臨廣武，連兵決雌雄，分我一杯羹，太皇乃汝翁，戰爭有古蹟，壁壘頹層穹。猛虎吟洞壑，飢鷹鳴秋空，翔雲列曉陣，殺氣赫長虹。撥亂屬豪聖，俗儒安可通？沉湎呼豎子，狂言非至公！撫掌黃河曲，嗤嗤阮嗣宗。

按：五緯即五星。漢書天文志，高帝「元年十月五星聚東井」。陰陽家謂此乃高帝受命之符瑞。阮嗣宗嘗登廣武，見楚漢戰處，嘆曰「時無英雄，使豎子成名」。見晉書阮籍傳。太白嗤嗣宗之言為狂妄。

望鸚鵡洲懷禰衡

魏帝營八極，蟻觀一禰衡，黃祖斗筲人，殺之受惡名。吳江賦鸚鵡，落筆超羣英，鏘鏘振金玉，句句欲飛鳴。鷙鶚啄孤鳳，千春傷我情，五嶽起方寸，隱然詎可平？才高竟何施？寡識冒天刑，至今芳洲上，蘭蕙不忍生。

赤壁歌送別

二龍爭戰決雌雄，赤壁樓船掃地空，烈火張天照雲海，周瑜於此破曹公。君去滄江望澄碧，鯨鯢唐突留餘跡，一一書來報故人，我欲因之壯心魄。

金陵

晉家南渡日，此地舊長安，地即帝王宅，山為龍虎盤。金陵空壯觀，天塹淨波瀾，醉客回橈處，吳歌且自歡。

其二

地擁金陵勢，城迴江水流，當時百萬戶，夾道起朱樓。亡國生春草，王宮沒古丘，空餘後湖月，波上對江州。

登兗州城樓　杜甫

東郡趨庭日，南樓縱目初，浮雲連海岱，平野入青徐。孤嶂秦碑在，荒城魯殿餘，從來多古意，臨眺獨躊躇。

詠懷古跡（明妃村在湖北秭歸縣）

羣山萬壑赴荊門，生長明妃尚有村，一去紫臺連朔漠，獨留青塚向黃昏。畫圖省識春風面，環珮空歸月夜魂，千載琵琶作胡語，分明怨恨曲中論。

琴臺（成都西笮橋有司馬相如宅，中有琴臺）

茂陵多病後，尙愛卓文君，酒肆人間世，琴台日暮雲。野花留寶靨，蔓草見羅裙，
歸鳳求皇意，寥寥不復聞。

越王樓歌（唐太宗之子越王貞爲緜州刺史所建之樓）

緜州州府何磊落！顯慶年中越王作，孤城西北起高樓，碧瓦朱甍照城郭。
樓下長江百丈清，山頭落日半輪明，君王舊跡今人賞，轉見千秋萬古情。

玉華宮（貞觀廿一年作玉華宮後改爲寺在陝西宜君縣）

溪迴松風長，蒼鼠竄古瓦，不知何王殿，遺構絕壁下。陰房鬼火青，壞道哀湍瀉，
萬籟眞笙竽，秋色正瀟灑。美人爲黃土，況乃粉黛假，當時侍金輿，故物獨石馬。
憂來藉草坐，浩歌淚盈把，冉冉征途間，誰是長年者？

滕王亭子（滕王元嬰任閬州刺史造）

寂寞春山路，君王不復行，古墻猶竹色，虛閣自松聲。鳥雀荒村暮，雲霞過客情，
尙思歌吹入，千騎擁霓旌。

遊宴

同族姪評事黯遊昌禪師山池　李白

客來花雨際，秋水落金池，片白寒青錦，疎楊掛綠絲。高僧拂玉柄，童子獻霜梨，
惜去愛佳景，烟蘿欲暝時。

金陵鳳凰臺置酒

置酒延落景，金陵鳳凰臺，長波瀉萬古，心與雲俱開。借問往昔時，鳳凰為誰來？
鳳凰去已久，正當今日回。明君越羲軒，天老坐三台，豪士無所用，彈絃醉金罍。
東風吹出花，安可不盡杯？六帝沒幽草，深宮冥綠苔。置酒勿復道，歌鐘但相催。

宴陶家亭子

曲巷幽人宅，高門大士家，池開照膽鏡，林吐破顏花。綠水藏春日，青軒秘晚霞，
若聞絃管妙，金谷不能誇。

宿五松山下荀媼家

我宿五松下，寂寥無所歡，田家秋作苦，鄰女夜舂寒。跪進彫胡飯，月光明素盤，令人慚漂母，三謝不能餐。

按：彫胡菰菜也。

尋山僧不遇作

石徑入丹壑，松門閉青苔，閑階有鳥跡，禪室無人開。窺窗見白拂，掛壁生塵埃，使我空嘆息，欲去仍徘徊。香雲徧山起，花雨從天來，已有空樂好，況聞青猿哀！了然絕世事，此地方悠哉！

春歸終南山松龍舊隱

我來南山陽，事事不異昔，却尋溪中水，還望岩下石。薔薇緣東窗，女蘿繞北壁，別來能幾日，草木長數尺，且復命酒樽，獨酌陶永夕。

陪李北海宴歷下亭（亭在濟南城大明湖）　杜甫

東藩駐皁蓋，北渚凌青荷，海右此亭古，濟南名士多。雲山已發興，玉佩仍當歌，修竹不受暑，交流空湧波。蘊眞愜所遇，落日將如何！貴賤俱物役，從公難重過。

夜宴左氏莊

風林纖月落，衣露淨琴張，暗水流花徑，春星帶草堂。檢書燒燭短，看劍引杯長，詩罷聞吳詠，扁舟意不忘。

陪王侍御同登東山最高頂宴姚通泉晚携酒泛江（東山在潼川涪江上）

姚公美政誰與儔？不減昔時陳太丘，邑中上客有柱史，多暇日陪驄馬遊。東山高頂羅珍羞，下顧城郭銷我憂，清江白日落欲盡，復携美人登綵舟。笛聲憤怨哀中流，妙舞逶迤夜未休，燈前往往大魚出，聽曲低昂如有求。三更風起寒浪湧，取樂喧呼覺舟重，滿空星河先破碎，四座賓客色不動，請公臨深莫相違，回船罷酒上馬歸，人生歡會豈有極？無使霜露霑人衣。

宿江邊閣

暝色延山徑，高齋次水門，薄雲巖際宿，孤月浪中翻。鸛鶴追飛靜，豺狼得食喧，不眠憂戰伐，無力正乾坤。

舟月對驛近寺

更深不假燭，月朗自明船，金刹青楓外，朱樓白水邊。城烏啼眇眇，野鷺宿娟娟，皓首江湖客，鈎簾獨未眠。

泊岳陽城下

江國踰千里，山城僅百層，岸風翻夕浪，舟雪灑寒燈。留滯才難盡，艱危氣益增，圖南未可料，變化有鯤鵬。

友　情

送族弟綰從軍安西　　李　白

漢家兵馬乘北風，鼓行而西破犬戎，爾隨漢將出門去，剪虜若草收奇功。
君王按劍望邊色，旄頭已落胡天空，匈奴繫頸數應盡，明年應入葡萄宮。
（漢元壽三年單于來朝，舍之上林苑葡萄宮）。

贈何七判官昌浩

有時忽惆悵，匡坐至夜分，平明空嘯咤，思欲解世紛。心隨長風去，吹散萬里雲，
羞作濟南生，九十誦古文。不然拂劍起，沙漠收奇勳，老死阡陌間，何因揚清芬？
夫子今管樂，英才冠三軍，終與同出處，豈將沮溺羣？

贈崔秋浦

吾愛崔秋浦，宛然陶令風，門前五楊柳，井上二梧桐。山鳥下聽事，簷花落酒中，
懷君未忍去，惆悵意無窮！

其二

崔令學陶令，北窗常晝眠，抱琴時弄月，取意任無絃。見客但傾酒，為官不愛錢，

東皋春事起，種黍早歸田。

寄淮南友

紅顏悲舊國，青歲歇芳洲，不待金門詔，空持寶劍遊。海雲迷驛道，江月隱鄉樓，
復作淮南客，因逢桂樹留。

聞丹丘子於城北營石門幽居中有高鳳遺跡，僕離羣遠懷，亦有棲遁之志，因叙舊以寄之。

春華滄江月，秋色碧海雲，離居盈寒暑，對此長思君。思君楚水南，望君淮山北，
夢魂雖飛來，會面不可得。疇昔在嵩陽，同衾臥羲皇，綠蘿笑簪紱，丹壑羨巖廊。
晚途各分析，乘興任所適，僕在雁門關，君爲峨眉客。心懸萬里外，影滯兩鄉隔，
長劍復歸來，相逢洛陽陌。陌上何喧喧，都令心意煩，迷津覺路失，託勢隨風翻。
以玆謝朝列，長嘯歸故園，故園恣閑逸，求古散縹帙。久欲入名山，婚娶殊未畢，
人生信多故，世事豈惟一。念此憂如焚，悵然若有失，聞君臥石門，宿昔契彌敦。
方從桂樹隱，不羨桃花源，高風起遐曠，幽人跡復存。松風清瑤瑟，溪月湛芳樽，
安居偶佳賞，丹心期此論。

送別 得書字

水色南天遠，舟行若在虛，遷人發佳興，吾子訪閑居。日落看歸鳥，潭澄羨躍魚，聖朝思賈誼，應降紫泥書。

沙丘城下寄杜甫

我來竟何事？高臥沙丘城，城邊有古樹，日夕連秋聲。魯酒不可醉，齊歌空復情，思君若汶水，浩蕩寄南征。

魯郡東石門送杜二甫

醉別復幾日？登臨徧池台，何時石門路，重有金樽開？秋波落泗水，海色明徂徠，飛蓬各自遠，且盡掌中杯。

贈衞八處士　杜甫

人生不相見，動如參與商，今夕復何夕？共此燈燭光。少壯能幾時，鬢髮各已蒼，

訪舊半爲鬼，驚呼熱中腸。焉知二十載，重上君子堂。昔別君未婚，兒女忽成行，
怡然敬父執，問我來何方？問答未及已，驅兒羅酒漿；夜雨剪春韭，新炊間黃粱。
主稱會面難，一舉累十觴，十觴亦不醉，感子故意長，明日隔山嶽，世事兩茫茫。

寄韓諫議

今我不樂思岳陽，身欲奮飛病在牀，美人娟娟隔秋水，濯足洞庭望八荒。
鴻飛冥冥日月白，青楓葉赤天雨霜，玉京羣帝集北斗，或騎麒麟翳鳳凰，
芙蓉旌旗烟霧落，影動倒景搖瀟湘。星宮之君醉瓊漿，羽人稀少不在旁；
似聞昨者赤松子，恐是漢代韓張良，昔隨劉氏定長安，帷幄未改神慘傷，
國家成敗吾豈敢，色難腥腐餐楓香。周南留滯古所惜，南極老人應壽昌，
美人胡爲隔秋水？焉得置之貢玉堂。

寄贈王十將軍承俊

將軍膽氣雄，臂懸兩角弓，纏結青驄馬，出入錦城中。時危未授鉞，勢屈難爲功，
賓客滿堂上，何人高義同？

酬高使君相贈

古寺僧牢落，空房客寓居，故人供祿米，鄰舍與園蔬。雙樹容聽法，三車肯載書，
草玄吾豈敢，賦或似相如。

與李十二白同尋范十隱居（李白有尋魯城北范居士詩）

李侯有佳句，往往似陰鏗，余亦東蒙客，憐君如弟兄。醉眠秋共被，攜手日同行，
更想幽期處，還尋北郭生。入門高興發，侍立小童清，落景聞寒杵，屯雲對古城。
向來吟橘頌，誰欲討蓴羹，不願論簪笏，悠悠滄海情。

春日懷李白

白也詩無敵，飄然思不羣，清新庾開府，俊逸鮑參軍。渭北春天樹，江東日暮雲，
何時一樽酒？重與細論文。

不見

不見李生久，佯狂眞可哀，世人皆欲殺，吾意獨憐才。敏捷詩千首，飄零酒一杯，匡山讀書處，白首好歸來。

天末懷李白

涼風起天末，君子意如何？鴻雁幾時到？江湖秋水多。文章憎命達，魑魅喜人過，應共寃魂語，投詩贈汨羅。

夢李白

死別已吞聲，生別常惻惻，江南瘴癘地，逐客無消息。故人入我夢，明我長相憶，君今在羅網，何以有羽翼？恐非平生魂，路遠不可測，魂來楓林青，魂返關山黑。落月滿屋梁，猶疑照顏色，水深波浪濶，無使蛟龍得！

其二

浮雲終日行，遊子久不至，三夜頻夢君，情親見君意。告歸常局促，苦道來不易，江湖多風波，舟楫恐失墜。出門搔白首，若負平生志，冠蓋滿京華，斯人獨顦顇。

孰云網恢恢，將老身反累，千秋萬歲名，寂寞身後事。

哀傷

自溧水道哭王炎　李白

白楊雙行行，白馬悲路旁，晨興見曉月，更似發雲陽。溧水通吳關，逝川去未央，
故人萬化盡，閉骨茅山岡。天上墜玉棺，泉中掩龍章，名飛日月上，義與風雲翔。
逸氣竟莫展，英圖俄夭傷，楚國一老人，來嗟龔勝亡！有言不可道，雪泣憶蘭芳。

憶崔郎中宗之遊南陽遺吾孔子琴撫之潸然感舊

昔在南陽城，唯餐獨山蕨，憶與崔宗之，白水弄素月。時過菊潭上，縱酒無休歇，
泛此黃金花，頹然清歌發。一朝摧玉樹，生死殊飄忽，留我孔子琴，琴存人已歿；
誰傳廣陵散，但哭邙山骨，泉戶何時明？長掃狐兎窟。

宣城哭蔣徵君華

敬亭埋玉樹，知是蔣徵君，安得相如草，空餘封禪文。池台空有月，詞賦舊凌雲，
獨掛延陵劍，千秋在古墳。

哭長孫侍御　　杜甫

道爲詩書重，名因賦頌雄，禮闈曾擢桂，憲府舊乘驄。流水生涯盡，浮雲世事空，
唯餘舊台柏，蕭瑟九原中。

故司徒李公光弼（八哀詩之一）

司徒天寶末，北收晉陽甲，胡騎攻吾城，愁寂哀不愜。人安若泰山，薊北斷右脅，
朔方氣乃蘇，黎首見帝業。二宮泣西郊，九廟起頹壓，未散河陽卒，思明僞臣妾。
復自碣石來，火焚乾坤獵，高視笑祿山，公又大獻捷。異王册崇勳，小敵信所怯，
擁兵鎮河汴，千里初妥帖。青蠅紛營營，風雨秋一葉，內省未入朝，死淚終映睫！
大屋去高棟，長城掃遺堞，平生白羽扇，零落蛟龍匣。雅望與英姿，惻愴槐里接，
三軍晦光彩，烈士痛稠疊。直筆在史臣，將來洗箱篋，吾思哭孤塚，南紀阻歸楫。
扶顛永蕭條，未濟失利涉，疲苶竟何人？灑涕巴東峽。

按：寶應元年，封光弼爲臨淮王，光弼非唐之宗室，等於異姓之王，故詩中稱異王。青蠅指宦者魚朝恩而言，光弼被讒，吐蕃入寇，代宗召光弼入援，因懼禍，遷延不至，田神功等遂不受節制，光弼恥愧成疾而卒。莊子齊物論「苶然瘦役而不知其所歸」。苶然瘦貌，詩中此語，乃作者自謂。

哭嚴僕射歸櫬

素幔隨流水，歸舟返舊京，老親如宿昔，部曲異平生。風送蛟龍雨，天長驃騎營，
一哀三峽暮，遺後見君情。

題詠

題隨州紫陽先生壁　李白

神農好長生，風俗久已成，復聞紫陽客，早署丹台名。喘息餐妙氣，步虛吟眞聲，
道與古仙合，心將元化幷。樓疑出蓬海，鶴似飛玉京，松雪窗外曉，池水階下明。

忽耽笙歌樂，頗失軒冕情，終願惠金液，提携凌太淸。

題元丹丘山居

故人棲東山，自愛丘壑美，靑春臥空林，白日猶不起。松風淸襟袖，石潭洗心耳，羨君無紛喧，高枕碧霞裡。

題江夏修靜寺（此寺乃李北海舊宅）

我家北海宅，作寺南江濱，空庭無玉樹，高殿坐幽人。書帶留靑草，琴堂冪素塵，平生種桃李，寂滅不成春。

觀元丹丘坐巫山屛風

昔遊三峽見巫山，見畫巫山宛相似，疑是天邊十二峯，飛入君家綵屛裡。寒松蕭颯如有聲，陽台微茫如有情，錦衾瑤席何寂寂，楚王神女徒盈盈！高咫尺，如千里，翠屛丹崖粲如綺，蒼蒼遠樹圍荊門，歷歷行舟泛巴水。水石潺湲萬壑分，烟光草色俱氳氛。溪花笑日何年發？江客聽猿幾歲聞？

使人對此心緬邈，疑入高丘夢綵雲。

題玄武禪師屋壁　杜甫

何年顧虎頭，滿壁畫滄洲，赤日石林氣，青天江海流。錫飛常近鶴，杯渡不驚鷗，似得廬山路，眞隨惠遠遊。

題鄭縣亭子（鄭縣游春亭又名西溪亭）

鄭縣亭子澗之濱，戶牖憑高發興新，雲斷岳蓮臨大路，天晴宮柳暗長春。巢邊野雀羣欺燕，花底山蜂遠趁人，更欲題詩滿青竹，晚來幽獨恐傷神。

重題鄭氏東亭（在新安縣）

華亭入翠微，秋日亂清暉，崩石欹山樹，清漣曳水衣。紫鱗衝岸躍，蒼隼護巢歸，向晚尋征路，殘雲傍馬飛。

奉先劉少府新畫山水障歌

堂上不合生楓樹，怪底江山起烟霧，聞君掃却赤縣圖，乘興遣畫滄洲趣。畫師亦無數，好手不可遇。對此融心神，知君重毫素，豈但祁岳與鄭虔，筆跡遠過楊契丹。得非懸圃裂？無乃瀟湘翻？悄然坐我天姥下，耳邊已是聞清猿。反思前夜風雨急，乃是蒲城鬼神入，元氣淋漓障猶濕，眞宰上訴天應泣，野亭春還雜花遠，漁翁暝踢孤舟立，滄浪水深青溟濶，欹岸側島秋毫末。不見湘妃鼓瑟時，至今斑竹臨江活。劉侯天機清，愛畫入骨髓，自有兩兒郎，揮灑亦莫比，大兒聰明到，能添老樹巓崖裡；小兒心孔開，貌得山僧及童子。若耶溪、雲門寺，吾獨胡爲在泥滓？青鞵布襪從此始。

詠物

觀放白鷹　李白

八月邊風高，胡鷹白錦毛，孤飛一片雪，百里見秋毫。

見野草中有名白頭翁者

醉入田家去，行歌荒野中，如何青草裡，亦有白頭翁？折取對明鏡，宛將衰鬢同，微芳似相誚，留恨向東風。

初出金門尋王侍御不遇詠壁上鸚鵡（太白藉此鸚鵡以喻自己）

落羽辭金殿，孤鳴咤綉衣，能言終見棄，還向隴西飛。

望木瓜山

早起見日出，暮見棲鳥還。客心自酸楚，況對木瓜山！

歸燕　杜甫

不獨避霜雪，其如儔侶稀，四時無失序，八月自知歸。春色豈相誤，衆雛還識機，故巢倘未毀，會傍主人飛。

天河

常時任顯晦，秋至輒分明，縱被微雲掩，終能永夜清。含星動雙闕，伴月照邊城，牛女年年渡，何曾風浪生。

螢火

幸因腐草出，敢近太陽飛？未足臨書卷，時能點客衣。隨風隔幔小，帶雨傍林微，十月青霜重，飄零何處歸？

病馬

乘爾亦已久，天寒關塞深，塵中老盡力，歲晚病傷心。毛骨豈殊衆，馴良猶至今，物微意不淺，感動一沉吟！

雜詠

少年行　　李白

君不見淮南少年遊俠客，白日毬獵夜擁擲，呼盧百萬終不惜，報仇千里如咫尺。少年遊俠好經過，渾成裝束皆綺羅，蘭蕙相隨喧妓女，風光去處滿笙歌。

驕矜自言不可有，俠士堂中養來久，好鞍好馬乞與人，十千五千旋沽酒。赤心用盡爲知己，黃金不惜栽桃李，桃李栽來幾度春，一回花落一回新，府縣盡爲門下客，王侯皆是平交人。男兒百年且樂命，何須狥書受貧病？男兒百年且榮身，何須狥節甘風塵？衣冠半是征戰士，窮儒浪作林泉民。遮莫枝根長百丈，不如當代多還往；遮莫姻親連帝城，不如當身自簪纓；看取富貴眼前者，何用悠悠身後名。

箜篌謠（述至交之難得）

攀天莫登龍，走山莫騎虎，貴賤結交心不移，唯有嚴陵及光武。周公稱大聖，管蔡寧相容，漢謠一斗粟，不與淮南春，兄弟尚路人，吾心安所從？他人方寸間，山海幾千重，輕言託朋友，對面九嶷峯，開花必早落，桃李不如松，管鮑久已死，何人繼其蹤？

從軍行

百戰沙場碎鐵衣，城南已合數重圍，突營射殺呼延將，獨領殘兵千騎歸。

估客行

海客乘天風，將船行遠役，避如雲中鳥，一去無蹤跡。

少年行　　　　　　　　杜　甫

馬上誰家白面郎，臨堦下馬坐人床，不通姓名粗豪甚，指點銀瓶索酒嘗。

貧交行

翻手作雲覆手雨，紛紛輕薄何須數？君不見管鮑貧時交？此道今人棄如土。

去秋行

去秋涪江木落時，臂槍走馬誰家兒？到今不知白骨處，部曲有去皆無歸。

遂州城中漢節在，遂州城外巴人稀，戰場寃魂每夜哭，空令野營猛士悲！

䗍𣪊行

天下郡國向萬城，無有一城無甲兵，焉得鑄甲作農器，一寸荒田牛得耕？牛得耕，蠶亦成，不勞烈士淚滂沱，男穀女絲行復歌。

五言絕句（以上所錄亦有絕句、律詩，因絕句律詩爲唐詩之特色，故特別提出，以作李杜詩之比較）。

秋浦歌　李白

醉上山公馬，寒歌寧戚牛，空吟白石爛，淚滿黑貂裘。

按：山公者山簡也。醉後能騎馬，兒童歌之。見晉書山濤傳。

自遣

對酒不覺暝，落花盈我衣，醉起步溪月，鳥還人亦稀。

送殷淑

痛飲龍笻下，燈青月復寒，醉歌驚白鷺，半夜起沙灘。

憶東山

杜甫

不向東山久，薔薇幾度花，白雲還自散，明月落誰家？

絕句

江邊踏青罷，迴首見旌旗，風起春城暮，高樓鼓角悲。

絕句

江碧鳥逾白，山青花欲然，今春看又過，何日是歸年？

復愁

人烟生遠處，虎跡過新蹄，野鶻翻窺草，村船逆上溪。

其二

萬國尚戎馬，故園今若何？昔歸相識少，早已戰場多！

七言絕句

春夜洛城聞笛

李　白

誰家玉笛暗飛聲？散入春風滿洛城，此夜曲中聞折柳，何人不起故園情？

望廬山瀑布

日照香爐生紫烟，遙看瀑布掛前川，飛流直下三千丈，疑是銀河落九天。

望天門山

天門中斷楚江開，碧水東流至北迴，兩岸青山相對出，孤帆一片日邊來。

越中覽古

越王勾踐破吳歸，義士還家盡錦衣，宮女如花滿春殿，只今惟有鷓鴣飛！

陪族叔刑部侍郎曄遊洞庭

洞庭西望楚江分，水盡天南不見雲，日落長沙秋色遠，不知何處弔湘君！

三絕句之一　　杜甫

無數春筍滿林生，柴門密掩斷人行，會須上番看成竹，客至從嗔不出迎。

江畔獨步尋花

黃四娘家花滿蹊，千朵萬朵壓枝低，留連戲蝶時時舞，自在嬌鶯恰恰啼。

贈花卿（花敬定爲西川牙將，擾民奢侈）

錦城絲管日紛紛，半入江風半入雲，此曲祇應天上有，人間能得幾回聞！

江南逢李龜年

岐王宅裏尋常見，崔九堂前幾度聞，正是江南好風景，落花時節又逢君。

五言律詩

春日歸山寄孟浩然　李白

朱紱遺塵境，青山謁梵筵，金繩開覺路，寶筏度迷川。嶺樹攢飛拱，岩花覆谷泉，
塔形標海月，樓勢出江烟。香氣三天下，鐘聲萬壑連，荷秋珠已滿，松密蓋初圓。
鳥聚疑聞法，龍參若護禪，愧非流水韻，叨入伯牙絃。

尋雍尊師隱居

羣峭碧摩天，逍遙不計年，撥雲尋古道，倚樹聽流泉。花暖青牛臥，松高白鶴眠，
語來江色暮，獨自下寒烟。

訪戴天山道士不遇

犬吠水聲中，桃花帶雨濃，樹深時見鹿，溪午不聞鐘。野竹分青靄，飛泉掛碧峯，
無人知所往，愁倚兩三松。

送友人

青山橫北郭，白水遶東城，此地一爲別，孤蓬萬里征。浮雲遊子意，落日故人情，揮手自玆去，蕭蕭班馬鳴。

送友人入蜀

見說蠶叢路，崎嶇不易行，山從人面起，雲傍馬頭生。芳樹籠秦棧，春流繞蜀城，升沉應已定，不必問君平。

謝公亭（謝朓與范雲所遊之處）

謝公離別處，風景每生愁，客散靑天月，山空碧水流。池花春映日，窗竹夜鳴秋，今古一相接，長歌懷舊遊。

秋登宣城謝朓北樓

江城如畫裡，山曉望晴空，兩水夾明鏡，雙橋落彩虹。人烟寒橘柚，秋色老梧桐，誰念北樓上，臨風懷謝公。

渡荊門送別

渡遠荊門外，來從楚國遊，山隨平野盡，江入大荒流。月下飛天鏡，雲生結海樓，仍憐故鄉水，萬里送行舟。

春宿左省　杜甫

花隱掖垣暮，啾啾棲鳥過，星臨萬戶動，月傍九霄多。不寢聽金鑰，因風想玉珂，明朝有封事，數問夜如何？

月夜憶舍弟

戍鼓斷人行，邊秋一雁聲，露從今夜白，月是故鄉明。有弟皆分散，無家問死生，寄書長不達，況乃未休兵。

旅夜書懷

細草微風岸，危檣獨夜舟，星垂平野濶，月湧大江流。名豈文章著，官應老病休，飄飄何所似，天地一沙鷗。

春望

國破山河在，城春草木深，感時花濺淚，恨別鳥驚心。烽火連三月，家書抵萬金，白頭搔更短，渾欲不勝簪。

宿贊公房（贊公爲長安大雲寺僧避亂秦州）

杖錫何來此？秋風已颯然，雨荒深院菊，霜倒半池蓮。放逐寧違性？虛空不離禪，相逢成夜宿，隴月向人圓。

野望

清秋望不盡，迢遞起層陰，遠水兼天近，孤城隱霧深。葉稀風更落，山迥日初沉，獨鶴歸何晚，昏鴉已滿林。

別房太尉墓

他鄉復行役，駐馬別孤墳，近淚無乾土，低空有斷雲。對棋陪謝傅，把劍覓徐君，
惟見林花落，鶯啼送客聞。

禹廟

禹廟空山裡，秋風落日斜，荒庭垂橘柚，古屋畫龍蛇。雲氣生虛壁，江聲走白沙，
早知乘四載，疏鑿控三巴。

七言律詩

寄崔侍御　李白

宛溪霜夜聽猿愁，去國長如不繫舟，獨憐一雁飛南海，却羨雙溪解北流。
高人屢解陳蕃榻，過客難登謝朓舟，此處別離同落葉，明朝分散敬亭秋。

別中都明府兄

吾兄詩酒繼陶君，試宰中都天下聞，東樓喜奉連枝會，南陌愁爲落葉分。
城隅淥水明秋日，海上青山隔暮雲，取醉不辭留夜月，雁行中斷惜離羣。

送賀監（秘書監賀知章）歸四明應制

久辭榮祿遂初衣，曾向長生說息機，眞訣自從茅氏得，恩波應阻洞庭歸。
瑤台含霧星辰滿，仙嶠浮空島嶼微，借問欲棲珠樹鶴，何年却向帝城飛？

登金陵鳳凰臺

鳳凰臺上鳳凰遊，鳳去台空江自流，吳宮花草埋幽徑，晉代衣冠成古邱。
三山半落靑天外，二水中分白鷺洲，總爲浮雲能蔽日，長安不見使人愁。

宿府　杜甫

清秋幕府井梧寒，獨宿江城蠟炬殘，永夜角聲悲自語，中天月色好誰看？

風塵荏苒音書絕，關塞蕭條行路難，已忍伶俜十年事，强移棲息一枝安。

小寒食舟中作（寒食爲禁烟節。寒食前一日爲小寒食）

佳晨强飮食猶寒，隱几蕭條戴鶡冠，春水船如天上坐，老年花似霧中看。
娟娟戲蝶過閑幔，片片輕鷗下急湍，雲白山靑萬里餘，愁看直北是長安。

野望

西山白雪三城戍，南浦淸江萬里橋，海內風塵諸弟隔，天涯涕淚一身遙。
惟將遲暮供多病，未有涓埃答聖朝，跨馬出郊時極目，不堪人事日蕭條。

九日登高

風急天高猿嘯哀，渚淸沙白鳥飛迴，無邊落木蕭蕭下，不盡長江滾滾來。
萬里悲秋常作客，百年多病獨登台，艱難苦恨繁霜鬢，潦倒新停濁酒杯。

前人選李杜詩最流行者：有雍正時王堯衢之古唐詩合解；有乾隆時蘅塘退士之唐詩三百

首，其中皆精選李杜之佳作。玆作李杜詩之比較，本欲於前人所選者而外，另選佳什，然披沙揀金，珍物人所共見，全璧實難多得，故欲避免與前人重複，亦終不能免。今此所選與前人所選者合而觀之，可以代表李杜詩之精華矣。

唐朝以前之詩，其句法三言、四言、以至七言，字數無定，每首之句數亦無定，亦無平仄對偶之韻律限制，此名曰古體詩。唐時始有絕句、律詩之體制；五言、七言，其字數句數，平仄對偶均有定則，而韻脚必用平聲，此名近體詩，亦曰今體詩。——唐人對近體詩通稱曰律詩，八句以上者曰長律，絕句曰小律，以其皆有固定之韻律也；故昌黎弟子李漢編昌黎集，絕句亦列入律詩。

近體詩爲唐詩之特色，字句整齊，對仗工巧；雖不必謂作詩必須如此，然中國文學內容豐富，駢辭儷句，爲文藝體裁之一，如和璧隋珠，雖有人不認其爲珍品，而其價值固不能泯。近體詩非自唐朝突然創出；自魏晉作家開始注重對偶，至六朝王融沈約等又倡聲韻之說，故佳句不但對仗工穩，且須音韻和諧，因此而有永明新體詩出現，此即近體詩之濫觴，試看謝朓之遊東田、鮑照之喜雨、江淹之待宴樂遊苑、沈約之早發定山等詩，豈非近體詩之前身乎？

初唐詩人承南朝之作風，然律詩之盛行，則倡自沈佺期宋之問，故自開元年間，律詩始有定格。按唐詩之分期，開元而後爲盛唐時期，此時李杜爲詩人之代表，然太白不崇尚格律，其天才縱逸，上窺風騷，中法漢魏，下該六朝，融會貫通，不拘一格，率意爲之，信筆寫來，曲盡幽奇之妙，偶有合乎近體者，亦無故意造作之痕，而爲不同凡響之品。少陵則好治格律，故自云「爲人性僻耽佳句，語不驚人死不休」（江上值水如海勢聊短述），又云「陶冶性靈在底物？新詩改罷自長吟，孰知二謝將能事，頗學陰何苦用心」（解悶），騈詞佳句，須苦費心思用雕琢工夫，少陵所崇之陰何，卽此派之作者：何遜爲梁武帝尚書，陰鏗爲陳武帝散騎常侍，二人之詩名皆振耀當時，玆各擧其詩一首如下：

夕望江橋示蕭諮議　何遜

夕鳥已西度，殘霞亦半消，風聲動遠竹，水影漾長橋。旅人多憂思，寒江復寂寥，爾情深鞏洛，予念近漁樵，何因適歸願？分路一揚鑣。

曉出新亭　陰鏗

大江一浩蕩，離悲足幾重？潮落猶如蓋，雲昏不見峯。遠戍惟聞鼓，寒山但見松，九十方稱半，歸途詎有蹤。

以上兩首之詩句，平仄韻格，固不盡合沈宋之律，而杜律亦有不合沈宋之韻格者。杜以律詩著稱，中唐詩人元稹評李杜詩，謂杜勝於李，卽指杜之「排比聲韻，屬對律切」而言。人對文學欣賞之趣味不同，每以所好之趣味，以作品評之依據，六朝詩人鮑照庾信陰鏗，皆精心於排偶之作，少陵蓋深得此派之趣味，故對太白之詩亦依此項趣味以作贊美，曰「清新庾開府，俊逸鮑參軍」，曰「李侯有佳句，往往似陰鏗」。杜詩中再三稱述陰鏗何遜鮑照庾信等，可知其用心之所在，故其道悶戲呈路曹長自云「晚節漸於詩律細」，對於詩律講求細密，卽重在駢儷工夫，故其排律有十二韻、三十韻、四十韻，而秋日夔府詠懷竟長達一百韻，太白集中無此長篇之律詩。太白聞李太尉大舉秦兵出征之詩，雖自己標明爲十九韻，然其中有非對偶之句，而對偶句之平仄亦不拘近體之律。杜之百韻則全首詞句音韻皆嚴守近體規律，似此千言之長律，摛藻排韻，洋洋大觀，眞乃稀有之作，其用心之苦可知，太白不作此細縝工夫，因此，所謂李不如杜者，卽據此而言也。羅大經鶴林玉露云『李太白一斗百篇，援筆立成，杜子美改罷長吟，一字不苟，二公蓋亦相譏嘲，太白贈子美云「借問因何太瘦生？只爲從前作詩苦」，苦之一字，譏其困雕字也。子美寄太白云「何時一樽酒？重與細論文」，細之一字，譏其欠縝密也』。——長安本事詩云『李白才氣逸高，律詩殊少，故戲杜云「飯顆山頭逢杜甫，頭戴笠子日卓午，借問別來太瘦生，只爲從前作詩苦」。』舊唐書杜甫傳亦云：太白「文格放達，譏甫齷齪，而有飯顆山之嘲誚」。所謂「作詩苦」誠爲嘲矣；然「細論文」，彼此細談文學，則非譏嘲之語也。

韻律對偶，必須苦心構思，始能造出佳句，此少陵之所長。太白文思敏捷，放縱不羈，好作古風、樂府，興之所至，隨意寫出，其詩亦多駢語，惟字句平仄有合乎近體韻律者，有不合近體韻律者，玆略舉如下：

傳說降霖雨，公輸造雲梯。——贈從弟冽

高歌振林木，大笑喧雷霆。——獻從叔當塗宰陽冰

清琴弄雲月，美酒舞冬春。——陳情友人

朝別朱雀門，暮宿白鷺洲。波光搖海月，星影入城樓。徒令魂入夢，翻覺夜成秋。
——宿白鷺洲寄楊江寧

沙帶新月明，水搖寒山碧，佳境宜緩棹，清輝能留客。
——涇溪南藍山寄何判官昌浩

鬥雞金宮裏，射雁碧雲端。——送竇司馬

擧身憩蓬壺，濯足弄滄海。——詶崔五郎中

鳥吟檐間樹，花落窗下書。——金門答蘇秀才

山童薦珍果，野老開芳樽。上陳漁樵事，下敘農圃言。——答從弟幼成

一爲滄波客，十載紅葉秋。觀濤壯天險，望海令人愁。——越中秋懷

以上之句不拘近體韻律，以下之句皆合近體韻律：

地遠虞翻老，秋深宋玉悲。——贈易秀才

秀骨象山嶽，英謀合鬼神。——贈張相鎬

竹影掃秋月，荷花落古池。——贈閭丘處士

霜驚壯士髮，淚灑逐臣衣。——書懷贈南陵常贊府

樹樹花如雪，紛紛亂若絲。——望漢陽柳色寄王宰

閉劍琉璃匣，煉丹紫翠房。——留別曹南羣官之江南

遠別淚空盡，長愁心已摧。——贈別鄭判官

落葉轉疎雨，晴雲散遠空。——汎彭蠡寄黃判官

谷鳥吟晴日，江猿嘯晚風。——江夏別宋之悌

禹穴尋溪入，雲門隔嶺深。——送紀秀才遊越

人乘海上月，帆落湖中天。——送弟昌峒鄱陽司馬作

秋山宜落日，秀木出寒烟。——同吳王送杜秀之舉入京

虎士秉金鉞，蛾眉開玉樽。水宿五溪月，霜啼三峽猿。——送趙判官赴黔府幕

千金市駿馬，萬里逐王師。——宣城送別副使入秦

水流知入海，雲去或從龍。樹繞蘆洲月，山鳴鵲鎮鐘。——江上答崔宣城

金窗夾綉戶，珠箔懸銀鉤。——登錦城散花樓

高松來明月，空谷宜清秋。溪深古雪在，石斷寒泉流。——尋高鳳石門山中元丹丘

青山映輦道，碧樹搖烟空。——效古

嘯起白雲歸七澤，歌吟綠水動三湘。——自漢陽歸寄王明府

萬里橫戈探虎穴，三杯拔劍舞龍泉。——送羽林陶將軍

以上所舉太白詩中之駢句，前組卽少陵所謂「往往似陰鏗」之句，後組卽同乎沈宋之律者也。然太白乃順乎自然而爲之，其一首詩中雖或多數爲對句，而又雜以古體散語，其淮南卧病書懷二十二句，除首二句末二句未對仗而外，其餘皆爲典雅之儷句，然而韻脚却用仄聲，不合沈宋之律；總之太白不牽就律詩之規格，故其全集中律詩甚少，多古風、樂府之作。其胸境曠遠，其意境如登高壯觀，縱覽萬象；其氣魄如天馬奔放，馳騁太

空；誠如少陵所稱「飛揚跋扈」（贈李白），不囿目於一邱一壑之境，不縮意於一花一草之間。

少陵雖亦作古體，如兵車行、麗人行、哀江頭、哀王孫、三吏、三別、同谷七歌等等，皆委婉盡致，情辭感人，然其苦用心處，則在律詩，故其全集中律詩頗多。其心境平實，文思穩健，鍊句措詞，力求工整，善述微妙細緻之趣，茲略舉其詩句如下：

芹泥隨燕嘴，花蕊上蜂鬚。——徐步

仰蜂粘落絮，行蟻上枯梨。——獨酌

雪岸叢梅發，春泥百草生。——陪裴使君登岳陽樓

驛邊沙舊白，湖外草新青。——宿白沙驛

山鬼迷春竹，湘娥倚暮花。——祠南夕望

樹蜜早蜂亂，江泥輕燕斜。——入喬口

別離同雨散，行止各雲浮。——奉送王信州北歸

岸花飛送客，檣燕語留人。——發潭州

流水生涯盡，浮雲世事空。——哭長孫侍御

軟沙欹坐穩，冷石醉眠醒。——軍中醉飲寄劉叟

蛟室圍青草，龍堆擁白沙。護江盤古木，迎櫂舞神鴉。——舟泛洞庭

血戰乾坤赤，氛迷日月黃。——送靈州李判官

烟塵多戰鼓，風浪少行舟。——搖落

空村惟見鳥，落日未逢人。——東屯北崦

棗熟從人打，葵荒欲自鋤。——秋野

今朝雲細薄，昨夜月清圓。——舟中

寒魚依密藻，宿鷺起圓沙。——草堂即事

山寒青兕叫，江曉白鷗飢。——雨

築場憐穴蟻，拾穗許村童。——暫住白帝復還東屯

萬里魚龍伏，三更鳥獸呼。——北風

石泉流暗壁，草露滴秋根。——日暮

亂雲低薄暮，急雪舞迴風。——對雪

獨鶴不知何事舞，飢烏似欲向人啼。——野望

殊方日落玄猿哭，舊國霜前白雁來。——九日

沙村白雪仍含凍，江縣紅梅已放春。——留別公安

秦城樓閣烟花裏，漢主江山錦綉中。——清明

以上所舉李杜詩句，兩相比較，可知兩家優勝之點不同。至於兩家詩之內容，則杜爲淳儒思想，李爲儒道兼綜，其憂世愛國之志相同。杜好述民生疾苦，李好吟沙場敵愾，杜好述鄉村日常生活，如羌村、秋野、客堂、絕句漫興、夏日李公見訪、等詩，陶淵明田園之雅興，不是過也。李好吟方外霞烟之趣，如懷仙歌、玉眞仙人詞、元丹丘歌、白毫子歌、送楊山人歸嵩山等詩，郭景純游仙之曠懷，不是過也。——此李杜詩之大較也。

七、結論

自六朝文人，競爲駢儷之詞，末流積習，崇尚綺麗而風骨衰沉。及至唐初，仍承前朝之作風，四傑以俊奇之才，摛藻屬辭，妙手佳作，大振六朝之頹波，同時沈佺期宋之問等，嚴講平仄韻律，律詩之體，於此形成，蔚爲風尚，陳子昂雖倡復古，然亦無大影響，且其本人亦善作律詩。及至太白，以豪放之才，自樹復古之旗，一面解除齊梁以來聲律之拘束，一面致力於樂府之改造；其所作之樂府，雖沿用古題之名，如行路難、將進酒、長干行、門有車馬行等等，皆古時樂府之題目，而其內容則爲獨抒所感，自創新作，所謂用舊瓶裝新酒，與其他擬古仿古者不同。當時朝野豪彥見太白之詩，皆稱爲奇

才，安陸郡都馬公云「諸人之文，猶山無烟霞，春無草樹，李白之文，清雄奔放，名章俊語，絡繹間起，光明洞徹，句句動人」（太白上安州裴長史書）。李陽冰引盧黃門語云「陳拾遺（子昂）横制頹波，天下質文翕然一變。至今朝詩體，尙有梁陳宮掖之風，至公大變，掃地併盡，唯公文章横被六合，可謂力敵造化歟！」（李太白詩序）。白之友人魏顥謂：建安七子至太白「情理婉約，詞句妍麗，白與古人爭長，三字九言，鬼出神入，前人所未有」（李翰林集序）。足見當時文學批評者已謂太白能突出藩籬，自開新境；風雲變化，文質映輝，不惟內容幽美，而句法體式，亦每自創新格。長篇者如蜀道難、夢遊天姥吟等；眞如滄海揚波，霞光煥彩，引人入勝。短篇者如三五七言詩全首共六句，而包括三五七言之句，韻味雋永；而菩薩蠻、憶秦娥，長短句兩首，爲後來五代宋詞之所本。故宋黃昇花庵詞選謂：「太白菩薩蠻、憶秦娥，爲百詞之祖」，鄭樵通志亦如是云；清萬樹詞律亦云「李白之菩薩蠻、憶秦娥，爲千古詞祖」。藝術之妙，必賴天才，白居易與元九書云：「太白之作，才矣！奇矣！人不逮矣！」誠非虛譽也。

少陵對於古體近體皆有創新之妙，贊賞其律詩者，如楊萬里評其九日藍田崔氏莊云「此詩句句字字皆奇。唐律如此者絕少，首聯對起，方說悲，忽說嘆，頃刻變化。頷聯將一事翻騰作兩事，嘉（孟嘉）以落帽爲風流，此以不落爲風流，最得翻案妙法。人至頸聯，筆力多衰，此復能雄傑挺拔，喚起一篇精神。結聯意味深長，悠然無窮」。沈德潛云「杜七言律，有不可及者四：學之博也，才之大也，氣之盛也，格之變也。五色藻繢，八音和鳴，後人如何彷彿？」賀賞其古體者，蘇軾評北征云「忠義之氣，與秋風爭高」，黃庭堅云「北征一代之事，與國風雅頌相爲表裡」。蘇轍評哀江頭云「詞氣如百金戰馬，駐坡蓦澗，如履平地」。朱晦庵評寓同谷七歌云「此歌七章，豪宕奇崛，兼取九歌、四愁、十八拍諸調而變化之，遂成創體」。蔡居厚評兵車行、垂老別云「自出己意立題，不更蹈前人陳迹，眞豪傑也」。王士禎評杜之七古云「七言古詩，惟杜甫橫絕古今，同時大匠，無敢抗衡，蓋子美之作，出入風雅，兼賅齊梁，其波瀾開合，利用初唐之體勢，而行以縱橫沉鬱之氣，雖有時險怪峻絕，仍從容於法度之中，氣概筆力，其已盡七古之變矣」。——歷代論杜詩者甚多，各就其所欣賞之點，提出評贊，而杜詩爲人所共稱者，則在乎法度謹嚴，苦心錘鍊，字句精確，語意切實，黃山谷專學杜詩入居夔州以後，平近入理之作風；陸放翁專學杜詩之屬對工整，用典恰切之作風。鍊字鍊句爲詩文之基本工夫，故後之學詩者多以杜律爲圭臬。

李杜之詩雖齊名，而欣賞詩文者之興趣不同，因此，有尊杜抑李者，亦有尊李抑杜者。唐高仲武編中興間氣集，選自肅宗初至代宗末諸名家之詩，不取李白詩；殷璠編河嶽英靈集，錄常建至閻防等二十四人之詩，不取杜甫詩；姚合編極元集，錄王維至戴叔倫等二十一人之詩，而李杜詩皆不採。玆略述尊杜抑李及尊李抑杜者之言論如下：

▲尊杜抑李

舊唐書杜甫傳云「元和中，詞人元稹論李杜之優劣曰：沈宋之流，研練精切，穩順聲勢，謂之爲律詩，由是之後，文體之變極焉。然而莫不好古者近，務華者去實，效齊梁，則不迨於魏晉；工樂府，則力屈於五言；律切則骨格不存，閑暇則纖穠莫備。至於子美蓋所謂上薄風騷，下該沈宋，言奪蘇李，氣吞曹劉，掩顏謝之孤高，雜徐庾之流麗，盡得古今之體勢，而兼人人之所獨專矣，則詩人以來，未有如子美者。是時山東人李白，亦以文奇取稱，時人謂之李杜。予觀其壯浪縱恣，擺去拘束，模寫物象，及樂府歌詩，誠亦差肩於子美矣；至若鋪陳終始，排比聲韻，大或千言，次猶數百，詞氣豪邁，而風調清深，屬對律切，而脫棄凡近；則李尚不能歷其藩翰，況堂奧乎！」

白居易云「詩之豪者，世稱李杜，李之作，才矣奇矣，人不逮矣！索其風雅比興，十無一焉。杜詩最多，可傳者千餘首。至於貫穿古今，覼縷格律，盡工盡善，又過於李焉。然撮其新安吏、潼關吏、塞蘆子、留花門之章，「朱門酒肉臭，路有凍死骨」之句，亦不過三四十，杜尚如此，況不逮杜者乎！」（與元九書）。

宋胡仔云「遯齋閑覽云：或問王荊公云：編四家詩，以杜甫爲第一，太白爲第四，豈白之才格詞致，不逮甫耶？公曰：白之歌詩，豪放飄逸，人固莫及，然其格止於此而已，不知變也。至於甫，則悲歌窮泰，發斂抑揚，疾徐縱橫，無施不可。故其詩有平淡簡易者，有綺麗精確者，有嚴重威武若三軍之帥者，有奮迅馳驟若泛駕之馬者，有澹泊閑靜若山谷隱士者，有風流蘊藉若貴介公子者。蓋其緒密而思深，觀者苟不能臻其閫奧，未易識其妙處，夫豈淺近者所能窺哉！此甫所以光掩前人，而後來無繼也。元稹以爲兼人所獨專，斯言信矣」。（苕溪漁隱叢話）。

宋葛立方云『杜甫李白以詩齊名，韓退之云「李杜文章在，光焰萬丈長」，似未易以優劣也。然杜詩思苦而語奇，李詩思疾而語豪，杜集中言李白詩處甚多，如「李白一斗詩百篇」，如「清新庾開府，俊逸鮑參軍」，「何時一樽酒，重與細論文」之句，似譏其太俊快。李白論杜甫則曰「飯顆山頭逢杜甫，頭戴笠子日卓午，爲問因何太瘦生，只爲從來作詩苦」，似譏其太愁肝腎也。杜牧云「杜詩韓筆愁來讀，似倩麻姑癢處搔，天外鳳凰誰得髓？何人解合續絃膠」？則杜甫詩，唐朝以來，一人而已，豈白所能望耶！』（韻語陽秋）。

元傅若金云「太白天才放逸，故其詩自爲一體。子美學優才贍，故其詩兼備衆體，而植綱常繫風化爲多。三百篇以後之詩，子美集其大成也」（清江集）。

明胡應麟云「才超一代者，李也；體兼一代者，杜也。李如星懸日揭，照耀太虛；杜若地負海涵，包羅萬彙。李唯超出一代，故高華莫並，色相難求；杜唯兼綜一代，故利鈍雜陳，巨細咸蓄。李才高氣逸而調雄，杜體大思精而格渾。超出唐人而不離唐人者，李也；不盡唐調而兼得唐調者，杜也。備諸體於建安者，陳王也；集大成於開元者，工部也。青蓮才之逸，並駕陳王；氣之雄，齊驅工部；可謂撮勝二家。第古風既乏溫醇，律體微垂整栗，故令評者不無軒輊。少陵不效四言，不倣離騷，不用樂府舊題，自是此老胸中壁立處。（其實杜詩未嘗不用樂府舊題，如少年行、從軍行等，皆舊題也）。然風騷樂府遺意，往往得之。太白以百憂等篇擬風雅，鳴皋等作擬離騷，俱相去懸遠，樂府奇偉，高出六朝，古拙不如兩漢，較輸杜一籌也」。（詩藪）。

以上諸說，皆謂李不如杜。至於羅大經謂：少陵憂國憂民，太白不繫心社稷蒼生，二人不可同年而語；朱晦庵亦謂：少陵以社稷自許。並力貶太白從永王璘之事，謂少陵高於太白。——李杜之人格，不能有軒輊之分，本書前於李杜合論篇內已說明；而且詩之優劣，又不可依人格以作評判，如蘇軾所云「古今詩人多矣，而惟稱杜子美爲首，又豈非其飢寒流落，而一飯未嘗忘君也歟？」（以上之說皆見鶴林玉露）。以少陵忠君而推爲詩人之首，則詩人之忠君者多矣，忠君不能與文藝併爲一談，孔子云「君子不以言擧人，不以人廢言」（論語衞靈公篇），不能以行爲之優劣而定文藝之優劣；王勃恃才傲物，私殺官奴，坐法除名；駱賓王爲長安主簿，坐贓降職；宋之問媚附武后之嬖臣張易之，天下醜其行；沈佺期亦媚張易之，坐贓被劾；此四人皆爲初唐大詩人，其人格有玷，其詩之美不能泯也。況太白之憂世愛國，不遜於子美，豈可依此而評其詩之優劣？

▲尊李抑杜

唐詩品彙云「詩至開元天寶間，神秀聲律，粲然大備。李翰林天才縱逸，軼蕩人羣，上薄曹劉，下該沈鮑。其樂府古調，能使儲光羲王昌齡失步，高適岑參絕倒，況其下乎」？又云「太白天仙之詞，語多率然而成者，故樂府歌詞咸善。或謂其始以蜀道難一篇，見賞於知音，爲明主所愛重，此豈淺材者僥倖際其時而馳騁哉？不然也！白之所蘊非止是。今觀其遠別離、長相思、烏棲曲、鳴皋歌、梁園吟、天姥吟、廬山謠等作，長篇短韻，驅駕氣勢，殆與南山秋氣並高可也，雖少陵猶有讓焉，餘子瑣瑣矣」。

歐陽修作李杜優劣說云「杜甫於白得其一節，而精強過之；至於白天才自放，非甫所及也」。

蘇軾詩云「誰知杜陵傑，名與謫仙高」（次韻張道安讀杜詩）。此言杜之可尊者在名與謫仙高，則謫仙尤高可知矣。

明方孝孺弔李白云「詩成不管鬼神泣，筆下自有烟雲飛。丈夫襟懷眞磊落，將口談天日月薄。泰山高兮高可夷，滄海深兮深可涸。惟有李白天才奪造化，世人誰得窺其作？我言李白古無雙，至今采石生輝光」。

明王稺登云「李能兼杜，杜不能兼李，李蓋天授，非人力也」。

清鄭金奎云「青蓮詩負一代豪，橫掃六宇無前茅。英雄心魄神仙骨，溟渤爲淵天爲高。興酣染翰恣狂逸，獨任天機摧格律，筆鋒縹緲生雲烟，墨騎縱橫飛霹靂。有如懷素作草書，崩騰歷亂龍蛇攄，更如公孫舞劍器，渾脫瀏漓雷霆避。冥心一往搜微茫，乾端坤倪失伏藏，佛子嵌空鬼母泣，千秋詞客孰雁行？我讀君詩起我意，飄然如有凌雲思，便欲揮手謝塵緣，相從飲酒學仙去」——讀李青蓮集。

▲李杜並尊

元稹白居易兩大詩人，皆言李不如杜，當時隨聲附和之人，必然不少，張籍卽爲其中之一，雲仙雜記云「籍嘗取杜甫詩焚灰，副以膏蜜，頻飲之，曰：令我肝腸從此改易」。在尊杜抑李之聲中，引起韓昌黎之不平，故其調張籍云「李杜文章在，光焰萬丈長，不知羣兒愚，那用故謗傷，蚍蜉撼大樹，可笑不自量」。此即明言李杜並肩，不可妄加褒貶也。

蘇軾云「予嘗論書，以爲鍾王之跡，蕭散簡遠，妙在筆墨之外。至顏柳始集古今筆法而盡發之，極書之變，天下翕然爲宗師，而鍾王之法益微。至於詩亦然，蘇李之天成，曹劉之自得，陶謝之超然，蓋亦至矣。而李太白杜子美以英瑋絕世之姿，凌跨百代，古今詩人盡廢」（蘇東坡書黃子息集後）。

嚴羽云「李杜二公，正不當優劣。太白有一二妙處，子美不能道；子美有一二妙處，太白不能作。子美不能爲太白之飄逸，太白不能爲子美之沉鬱。太白夢遊天姥吟、遠別離等，子美不能道；子美北征、兵車行、垂老別等，太白不能作。論詩以李杜爲準，挾天子以令諸侯也。少陵詩法如孫吳，太白詩法如李廣。觀太白詩者，要識眞太白處；太白天才豪逸，語多率然而成者，學者於每篇中要識其安身立命處可也」（滄浪詩話）。

王世貞云「李杜光焰千古，人人知之，滄浪並極推尊，而不致辨。元微之獨重子美，宋人以爲談柄。近時楊用修爲李左袒，輕俊之士，往往耳傳。要其所得，俱影響之間。五言選體及七言歌行，太白以氣爲主，以自然爲宗，以俊逸高暢爲貴。子美以意爲主，以獨造爲宗，以奇拔沉雄爲貴。其歌行之妙，詠之使人飄飄欲仙者，太白也；使人人慷慨激烈，欷歔欲絕者，子美也。選體太白多露語率語，子美多稚語累語，置之陶謝之間，便覺傖父面目，乃欲使之奪曹氏父子位耶？五言律、七言歌行，子美神矣，七言律，聖矣；五七言絕，太白神矣，七言歌行，聖矣，五言次之。太白之七言律，子美之七言絕，皆變體，間爲之可耳，不足多法也。十首以前，少陵較難入；百首以後，青蓮較易厭。揚之則高華，抑之則沉實，有色有聲有氣有骨有味有態，濃淡深淺，奇正開闔，各極其則，吾不能不服膺少陵也。青蓮擬古樂府，而以己意己才發之，尚沿六朝舊習，不如少陵以時創新題也。少陵自是卓識，惜不盡得本來面目耳。太白不成語者少，子美不成語者多，如「無食無兒一婦人」，「舉家聞若欬」，及「麻鞋見天子」，「垢膩脚不襪」之類。凡看二公詩，不必病其累句，亦不必曲爲之護，正使瑕瑜不掩，亦是大家。太白五言，沿洄漢魏晉，樂府出入齊梁，近體周旋開寶，獨絕句超然自得，冠絕古今。子美五言北征、述懷、新婚、垂老等作，雖格本前人，而調由己創。五七言律，廣大悉備，上自垂拱，下逮元和；宋人之蒼，元人之綺，靡不兼總。故古體則脫棄陳規，近體則兼該衆善，此杜所獨長也。太白筆力變化，極於歌行。少陵筆力變化，極於近體。

李變化在調與詞，杜變化在意與格。然歌行無常矱，易於錯綜；近體有定規，難於伸縮。詞調超逸，驟如駭耳，索之易窮；意格精深，始若無奇，繹之難盡，此其微不同者也。以古詩爲律詩，其調自高，太白浩然所長，儲侍御亦多此體。以律詩爲古詩，其格易卑，雖子美不免」（藝苑卮言）。

清王琦云：李杜「二公之詩，一以天分勝，一以學力勝，同時角立，雄視於文場筆海之中，名相齊，才亦相埒，無少遜也。自優劣之論出，而左右其袒者紛如。以文喻，謂太白如史記，子美如漢書；以兵法喻，謂太白如李陵，子美如孫吳；以人物喻，謂太白仙而子美聖；以性根喻，謂太白頓，而子美漸；此皆論之兩持其平者也。其餘甲杜而乙李者，大約十居七八。可異者，評杜則多恕辭，多過情之譽；評李則多深文而索垢，是何意見之辟也？宋人黃介讀李杜優劣論曰「論文正不當如此」！山谷歎以爲知言。夫山谷固服膺子美者也，豈不能言其優劣？蓋亦見其沉雄俊逸之槪，本於性而成於學者，各有登峯造極之美，不可以後人私淺之見，妄爲輕議焉耳」（李太白集序）。

▲結　語

蘇頲謂太白之才，可比相如；賀知章見太白之文，歎爲謫仙人；蘇賀在當時，名重公卿，其詩文亦傳世不朽。太白生前文名之高，爲杜所不及，故杜云「白也詩無敵，飄然思不羣」（春日懷李白）。又云「昔年有狂客，號稱謫仙人，筆落驚風雨，詩成泣鬼神」（寄李十二白二十韻）。然太白歿後，元稹白居易論李杜優劣，謂李不如杜，於是杜之地位隱然高於太白，及至宋朝，羅大經朱晦庵等，又以太白好酒及從永王璘之事，大加貶抑，謂李杜不可同年而語；而蘇轍欒城集，對李抨擊尤厲，謂太白好事喜名，不知義理，從永王璘，遂以致死。此直等於挾怨嘲罵，並謂白「華而不實，杜甫有好義之心，白不及也！」白之人格與詩，皆被貶在杜下。黃庭堅專學杜詩，所統之江西詩派，幾乎籠罩兩宋詩壇，陸游亦由學杜而成爲大家。後來明朝前後七子，李夢陽李攀龍等主張「文必秦漢，詩必盛唐」，皆以學杜爲主，是以至明朝，杜甫有詩聖之名。世以李杜並稱，其實擁護李者不如擁護杜者之多也。

風氣所尚，人所共趨，如上所述，何以崇杜者多，而崇李者少？詩文有清眞自然之美，有雕琢工巧之美，其在文，卽散文駢文之分；其在詩，卽古體近體之別。自六朝崇尚駢儷，傳至唐朝，演出律詩，對偶之規格愈嚴。太白之詩，善用六朝之駢儷；少陵之詩，多遵唐朝之對偶；太白不好作律詩，故其律詩甚少；少陵好作律詩，故其律詩甚多。律詩既興，成爲風尚，競以對句合律爲工，故當時元稹白居易，卽以杜詩善於「排比聲韻，覼縷格律」，而謂李不如杜。律詩之風，自唐而後，繼續盛行，直至清朝科舉考士之試帖詩，仍沿自唐朝之律詩，故少陵在詩壇得居最高之地位。

王琦謂「李以天分勝，杜以學力勝」，此話誠然。宋濂謂「太白學風騷及建安七子，其格極高，其變化若神龍之不可羈」（答章秀才論詩）；此卽天才之表現，此難於仿效者也。聲律排比，屬對工穩，此卽學力工夫，此較易取法者也。故學杜者多，學李者少，除上述律詩盛行之原因而外，此亦原因之一。是以注杜詩者多，自宋迄今，有數百家；而注李詩者少，亦自宋開始，然不過三四家而已。杜詩傳至於今者一千數百首，而李詩則不滿一千首，李詩傳世之命運亦遠不如杜也。

詩藪云「杜之律，李之絕，皆天授神詣」。言李杜之詩各擅其勝，自爲公論，魚與熊掌，各有其美，不可執此之長攻彼之短。然世間並無絕對美滿之事，李杜之詩兩相比較，如必於其中尋出毫末優劣之差，亦非不可，明楊愼升庵詩話云『盛弘之荆州記，狀巫峽江水之迅云：「朝發白帝，暮到江陵，其間千二百里，雖乘奔御風，不以疾也」。杜子美詩「朝發白帝暮江陵，頃來目擊信有徵」。李太白「朝辭白帝彩雲間，千里江陵一日還，兩岸猿聲啼不住，輕舟已過萬重山」。雖同用盛弘之語，而優劣自別。今人謂李杜不可以優劣論，此語亦太憒憒！』王世貞云「太白多露語率語，子美多穉語累語」

。所謂露語者，卽不作含蓄之詞，信口說出，無隱晦之語，如太白寄遠十二首云「秋草秋蛾飛，相思愁落暉，何由一相見？滅燭解羅衣」。所謂率語者，卽意之所鍾，過甚其辭，率然說出，如將進酒「鐘鼓饌玉不足貴，但願長醉不願醒，古來聖賢皆寂寞，惟有飲者留其名」。所謂穉語者，卽意思幼稚，枯淡乏味，如少陵花鴨詩「花鴨無泥滓，堦前每緩行，羽白知獨立，黑白太分明。不覺羣心妒，休牽衆眼驚，稻粱霑汝在，作意莫先鳴」。杜詩中此類之句甚多，如「枝枝總到地，葉葉正開春」（柳邊）。「年年至日常爲客，忽忽窮愁泥殺人」（多至），古今詩話云：宋楊億「不喜杜子美詩，謂之村夫子」，卽指此類穉句而言。又如秋興八首，爲人所稱頌，其中「叢菊兩開他日淚，孤舟一繫故園心」，「信宿漁人還泛泛，清秋燕子故飛飛」，讀之固然流利，而清袁枚隨園詩話云「余雅不喜少陵之秋興八首，以其中所用之「兩開」、「還泛泛」「故飛飛」，俱習氣太重，毫無意義也」。此與楊億之看法相同。

　文藝盡善盡美之作，實難多得，竊以爲如上所述，露語、率語、穉語；尙不足爲疵，而最足爲病者則爲累語；累語包括强凑字句，艱澀難通，及用典不明，詞意晦闇而言。玆擧杜詩中之累句如下：

　客病留因藥，春深買爲花。——小園

宵中祇自惜，晚起索誰親。——贈王二十四侍御

地用莫如馬，無良復誰記。——遣興五首

春日無人境，虛空不住天。——陪李梓州登惠義寺

問法看詩妄，觀身向酒慵。——謁眞諦寺禪師

秋覺追隨盡，來因孝友倫。——九月一日過孟十二兄弟

高馬勿唾面，長魚無損鱗，辱馬馬毛焦，困魚魚有神。——三韻三篇

大賢爲政卽多聞，刺史眞符不必分，尙有西郊諸葛廟，臥龍無首對江濆。

——上卿翁請修武侯廟

上客迴空騎，佳人滿近船，江清歌扇底，野曠舞衣前。玉袖凌風並，金壺隱浪偏，

競將明媚色，偸眼艷陽天。——數陪李梓州泛江有女樂在舫戲爲艷曲

舊相思追後，春池賞不稀，闕庭分未到，舟楫有光輝。鼓化尊絲熟，刀鳴鱠縷飛，

使君雙阜蓋，灘淺正相依。——陪王漢州泛房公西湖

以上所擧艱澀之累句，卽王世貞所謂「不成語」者。此類句，杜詩中甚多，在一首詩中

有一句者，有兩句者，有三四句者，有全首皆是者，如本書第五章所錄酬高使君相贈，

全首佳句，而被「三車肯載書」一句所累；與李十二白尋范十隱居，全首被「侍立小童

清」一句所累。又如涪城縣香積寺官閣「寺下春江深不流，山腰官閣迥添愁，含風翠壁孤雲細，背月丹楓萬木稠，小院迴廊春寂寂，浴鳧飛鷺晚悠悠，諸天合在藤蘿外，昏黑應須到上頭」。此詩全首流利，而被末句所累。彭衙行長篇佳作，其中有一二累句，便成爲白璧之瑕。欲選春望、及月夜憶弟等，通首無累句者，最多不過百餘首。

此種「累句」，其作時苦心湊集，故讀者亦須苦費心思始能得解，例如其寒食，後四句云「田父要皆去，鄰家問不違，地偏相識盡，雞犬亦忘歸」。須細思始解其意，蓋謂：寒食佳節，田父來邀請，亦不嫌其俗陋，而皆去受其款待；鄰家來問候，亦接受其盛意，而不違避。因地處偏僻，住戶無多，故對此處之人，盡皆相識。荒村之中，過客稀少，氣氛安靜，雞犬不驚，隨處棲息，而忘歸主人之家。其用典之句，亦每晦僻難解，如柏學士茅屋云「古人已用三冬足，年少今開萬卷餘」。「三冬足」者，取漢書東方朔傳「臣年十二，學書三冬，文史足用」之意也。再看其雞詩云：

記德名標五，初鳴度必三，殊方聽有異，失次曉無慚？

問俗人情似，充庖爾輩堪，氣交亭育際，巫峽漏司南。

巫峽屬夔州，少陵在此，偶聞此地之雞有不按時而鳴者，因作此詩，謂：古人云雞有五德「守夜不失時，信也」；故鳴必有度，今在異地所聽之雞鳴亦異，失却報曉之鳴次，能不慚於天職乎？世俗之人不守信、不盡職，豈雞亦隨世俗而變乎？然則此雞只可充庖供肴饌食品而已。萬物之性，皆稟天地化育之氣而成，雞稟報曉之性，當不違其生成之理，而今巫峽之雞却失司晨之職，豈不異哉！——五德，取韓詩外傳，雞有五德之說。度必三，取史記歷書「雞三號卒明」之說，（索隱云：言夜至雞三鳴則天曉，乃始為正月一日）。亭育，取老子五十一章「長之育之，亭之毒之」，亭毒為化育成就之意，自昏而曉為造化氣候所交，故曰「氣交亭育際」。古之司南車又名指南車，車上製有仙人，車雖轉而手常南指，用以定方向，正午則手指太陽，故亦可定朝夕之時間，荀子修身篇「易忘曰漏」，此雞在巫峽忘却報曉，故曰「巫峽漏司南」也。

少陵雖以韻律謹嚴見稱，然其律詩亦有不遵規格者，如「離筵罷多酒，起地發寒塘」（送田四弟將軍）；「早泊雲物晦，逆行波浪慳」（銅官渚守風）；「天下何曾有山水？人間不解重驊騮」（存歿口號）；「一雙白魚不受釣，三寸黃柑猶自青」（即事）。上述之句，「多」「物」「山」「雙」等字，皆倒韻。無論律詩絕句，每句中第二字第四字倒韻，皆為犯規，在律詩中，不當有此，亦可見少陵亦不受韻律之拘束也。

太白詩中絕少「累句」，無晦澀之語，清麗自然，讀之朗朗然通篇貫徹，如順水行舟，暢流無礙：太白不重韻律，而其律詩有妙對精切，為近體中稀有之傑品者；有只重語意而不拘對偶者。李杜互有長短，茲各舉其詩一首，以作比較：

聽蜀僧濬彈琴　李　白

蜀僧抱綠綺，西下峨眉峯，爲我一揮手，如聽萬壑松。客心洗流水，餘響入霜鐘，不覺碧山暮，秋雲暗幾重。

別常徵君　杜　甫

兒扶又策杖，臥病一秋强，白髮少新洗，寒衣寬總長。故人憂見及，此別淚相忘，各逐萍流轉，來書細作行。

以上所舉，杜詩字句穩對，恰合律體；李詩則未作對偶，不合律體。然杜詩字句晦澁，李詩字句清利，兩相比較，各有長短，此在欣賞者判其優劣矣。

曾國藩論詩文，嘗舉文學家之特徵，稱「韓之越，馬之咽，莊之跌，陶之潔，杜之拙」。謂杜以拙見長。所謂拙，卽艱澁之詞句，與油腔滑調之語正相反。艱澁詞句，有如上述之「累句」，然亦有簡奧之奇句，卽葛立方所謂「杜思苦而語奇」。茲略舉此類奇句如下：

岸花飛送客，檣燕語留人。——發潭州
泥留虎鬥跡，月掛客愁村。——東屯月夜
白花檐外朶，青柳檻前梢。——題新津北橋樓
震雷翻幕燕，驟雨落河魚。——對雨書懷
風吹蒼江樹，雨灑石壁來，淒淒生餘寒，殷殷兼出雷。——雨
老年常道路，遲日復山川，白屋花開裏，孤城麥秀邊。——行次古城店泛江作
痴女飢咬我，啼畏虎狼聞，懷中掩其口，反側聲愈嗔。——彭衙行
平生所嬌兒，顏色白勝雪，見耶背面啼，垢膩脚不襪。——北征

以上樸拙幽奇之句，別有韻致，爲李詩中所未有。元稹白居易推崇杜詩可謂極矣，而只尊其屬對精切，未擧其造此奇句。李陽冰稱太白「不讀非聖之書，恥爲鄭衞之作，故其言多似天仙之辭，馳驅屈宋，鞭撻揚馬，千載獨步，惟公一人」（太白詩序）。少陵亦稱「白也詩無敵」，其推崇太白亦爲至矣。橄欖與金橘，美味不同，各人所好之趣味不同，故李杜優劣未易論也！

總之塵世之憂患，人生之煩惱，詩人性靈，各鳴其意。亂世之事，遭遇之苦，卽事寫實，巨細如繪，情詞並茂，深刻入微，詩史之沉鬱，自足感動千古。而俠義肝膽，志

未得酬，高懷雅量，擺脫俗慮，浩歌塵氛之外，游神煙霞之中，詩仙之飄逸，絕世獨立，可謂曲高和寡矣！最後作結語云「李杜文章在，光焰萬丈長，隋珠與楚璧，優劣漫評量」。

中華語文叢書

論李杜詩

1912

作　　者／周紹賢 著
主　　編／劉郁君
美術編輯／鍾 玟

出 版 者／中華書局
發 行 人／張敏君
副總經理／陳又齊
行銷經理／王新君
地　　址／11494 台北市內湖區舊宗路二段181巷8號5樓
客服專線／02-8797-8396　　傳　真／02-8797-8909
網　　址／www.chunghwabook.com.tw
匯款帳號／華南商業銀行　西湖分行
179-10-002693-1　中華書局股份有限公司

法律顧問／安侯法律事務所
製版印刷／維中科技有限公司　海瑞印刷品有限公司
出版日期／2018年7月再版
版本備註／據1975年9月初版復刻重製
定　　價／NTD 200

論李杜詩 / 周紹賢著. — 再版. — 臺北市 :
中華書局, 2018.07
面 ;　公分. -- (中華語文叢書)
ISBN 978-957-8595-49-1(平裝)

1.(唐)李白 2.(唐)杜甫 3.唐詩 4.詩評

851.4415　　107008010

NO.H2049
ISBN 978-957-8595-49-1（平裝）